古詩詞
遇見
中國地理

楊金志　編著

古詩詞遇見中國地理

作　　者	楊金志
責任編輯	徐昕宇
裝幀設計	趙穎珊
出　　版	商務印書館（香港）有限公司
	香港筲箕灣耀興道 3 號東滙廣場 8 樓
	http://www.commercialpress.com.hk
發　　行	香港聯合書刊物流有限公司
	香港新界荃灣德士古道 220−248 號荃灣工業中心 16 樓
印　　刷	美雅印刷製本有限公司
	九龍觀塘榮業街 6 號海濱工業大廈 4 樓 A 室
版　　次	2022 年 3 月第 1 版第 1 次印刷
	© 2022 商務印書館（香港）有限公司
	ISBN 978 962 07 5893 5
	Printed in Hong Kong

推薦序

　　有了這本書，我想大眾才能真正理解潛藏在古典詩詞中的一些地理問題，如，王之渙《涼州詞》中的「春風不度玉門關」，一直以來，讀者只知道戰士戍守邊塞，邊塞苦寒而又遙遠，但是並不清楚詩中的玉門關到底在哪裏，春風又為甚麼不度玉門關。只有把這些問題搞清楚，才能真正理解詩詞的內涵，才能更深入地認知地大物博、歷史悠久的中華文明。看着精美的黃河手繪地圖，我也在想，黃河曲折地穿越中國浩瀚的沙漠地區，對於中國北方有何意義？

　　這本《古詩詞遇見中國地理》是將中華傳統文化與祖國壯美山河兩個維度融合，基於空間順序精選古典詩詞，運用地圖定位詩歌的創作地點或描寫地點，深入挖掘古典詩詞中蘊含豐富的地理特徵及內涵，還原詩人當時的創作情境，闡釋詩歌內涵。從地理空間的維度解讀古典詩詞，角度新穎，對讀者而言，又很實用。

　　古典詩詞作為優秀傳統文化的一部分，與地理的聯繫非常緊密。詩詞作者所在的地理位置、詩詞作品創作的地理區域，以及與之相關的自然地理與人文地理知識，都應視為詩詞本身重要的組成部分。本書以山水畫卷風格的手繪地圖開篇，圖文並茂，將「詩和遠方」進行了深度的文化關聯，可以在欣賞祖國壯麗河山的精美畫卷中，深深體會傳統文化的神韻和魅力。

　　本書既是一部頗具特色的古典詩詞賞析讀物，又是一部實用的地理科普書。

2020 年 12 月

序言

古典詩詞裏，
有中國人的「詩和遠方」

　　近些年流行一句話：「生活不止眼前的苟且，還有詩和遠方。」我時常在想，甚麼樣的「詩和遠方」，最能直抵中國人的精神家園？也許，就是古典詩詞和中國地理。

　　事實上，在中國文化中，「詩和遠方」從來都不是割裂的。沒有「遠方」的詩歌，往往蒼白無力、空洞無物；沒有詩歌的「遠方」，則顯得直白、冰冷，缺乏吸引力。當我們站在黃河壺口瀑布前，總會吟誦起詩仙李白的「黃河之水天上來，奔流到海不復回」；當我們來到長江三峽，也總會聯想到詩聖杜甫的「無邊落木蕭蕭下，不盡長江滾滾來」。

　　我是一個傳統文化、古典詩詞的愛好者，也是一個歷史、地理知識的愛好者。這種愛好，從青少年時期延續至今，不曾改變。我又是一個文字工作者，是一個孩子的父親。因為這些緣故，我一直有一個夢想：盡己所能，秉持真誠和熱忱，把中國傳統文化中的「詩和遠方」，呈現給自己的孩子，也呈現給廣大的讀者。

　　從 2017 年起，我相繼完成並出版了《一年好景君須記：古典詩詞中的季節之美》《給孩子的節氣古詩詞（春、夏、秋、冬）》等書籍，力圖從時間的維度來闡釋古典詩詞。與此同時，我也一直在探究文學與地理之間的關係，並着手進行「詩詞地理」方面的閱讀和寫作，努力從空間的維度來闡釋古典詩詞。

　　寫作的過程，也是不斷結緣的過程。在熱心朋友的引薦下，我得以結識中國地

圖出版社的周敏、池濤、劉鵬、吳瓊老師。說起「詩詞地理」書籍的寫作、編輯和出版事宜，大家都有一種相見恨晚的感覺。

我是一個「地圖控」，喜歡收集和觀賞各種地圖。第一次登門拜訪中國地圖出版社時，各位老師引導我參觀社內的中國地圖文化館，各種地圖藏品，真是令我大開眼界，感覺就像「劉姥姥進了大觀園」，在每一幅圖前都捨不得挪動腳步。興趣愛好是最好的老師，也是最強勁持久的動力。而這次參觀，就把我的內在動力徹底激發了出來。

接下來，就是策劃、寫作和編輯。這個過程是甜蜜的，也是「煩惱」的。中國的古典詩詞浩如瀚海，我們不過是在海邊玩耍的孩子；中國的壯麗山河不可勝數，我們所領略的不及萬一。何況，一本書的內容也不可能包羅萬象。「切口」在哪裏？角度怎麼選？經過一次次的「頭腦風暴」，一遍遍地「推倒重來」，我們最終確定了這本書的框架結構。

全書共分七章：第一章，黃河，從源頭開始，順流而下，講述黃河。第二章，長江，依然從源頭開始，順流而下，話說長江。第三章，大地，從東北大地出發，漫遊塞上草原、河西走廊、天山南北，直到青藏高原。第四章，大海，自北向南，盡觀滄海，遍歷寶島。第五章，名山，從三山五嶽到秦嶺峨眉，從巍巍太行到嶺南大地。第六章，名城，長安、洛陽、燕京、金陵，觀古都之壯麗雄偉；蘇州、杭州、揚州、成都，覽天堂之人間盛境。第七章，名樓，從長安出發，過華清宮，登鸛雀樓，賞超然台；再順江而下，上游看杜甫草堂，中游見岳陽樓、黃鶴樓、滕王閣，下游賞謝朓樓、鳳凰台、賞心亭、芙蓉樓、北固亭、望湖樓……

全書共選取 100 篇（組）古典詩詞，內容涵蓋詩經、樂府、唐詩、宋詞。每篇詩詞的闡釋，包括原詩、註釋、詩人卡片、地理卡片和詩說幾個部分，將地理知識與詩詞賞析融會貫通。

尤其感謝的是，作為國家法定地圖的權威出版機構，中國地圖出版社為這本書創作了一組精美的手繪地圖。大詩人陶淵明在《讀山海經》中寫道：「泛覽周王傳，流觀山海圖。」千年之後，讓我們繼續跟着地圖去旅行，飽覽中華大好河山；跟着地圖去讀詩，領略中華詩詞之美，豈不快哉？

楊金志
2020 年 12 月

黃河

玉門關

莫高窟

嘉峪關

阿　拉　善　高　原

黃

祁

連

山

湟

水

河

青海湖

涼州

賀蘭山

銀川

鳳凰碑

塔爾寺

西寧

水電站

劉家峽

龍羊峽水庫

蘭州

黃河母親雕像

黃

扎陵湖

阿

尼

瑪卿崗日

6282

瑪

卿

山

約古宗列曲

巴

顏

喀

拉

山

鄂陵湖

黃

涇

渭

河

太白山

秦

第一章 黃河

　　黃河，幹流全長 5464 千米，中國的第二長河。黃河九曲，在中國大地寫出了一個巨大的「几」字。黃河與長江，都是中華民族的母親河；黃河與長江，都發源於「世界屋脊」青藏高原；黃河與長江，一北一南，穿越廣袤大地，滋養芸芸眾生；黃河與長江，它們西來萬里，一同奔向東方的大海！

　　華夏始祖黃帝，厚積千萬年的黃土高原，波濤滾滾的黃河水，它們是「三位一體」般的存在。根據考古發現和文獻記載，華夏文明的主要源頭在黃河流域，華夏文明的核心與重心也長期在黃河流域。

　　「黃河之水天上來」「黃河遠上白雲間」「九曲黃河萬里沙」……古典詩詞中的黃河，如同大地上的黃河一般，蘊含着蓬勃偉力，迸發出萬丈豪情。

將進酒

唐 李白

君不見，黃河之水天上來，
奔流到海不復回。
君不見，高堂明鏡悲白髮，
朝如青絲暮成雪。
人生得意須盡歡，莫使金樽空對月。
天生我材必有用，千金散盡還復來。
烹羊宰牛且為樂，會須一飲三百杯。
岑夫子，丹丘生，將進酒，杯莫停。
與君歌一曲，請君為我傾耳聽。
鐘鼓饌玉不足貴，但願長醉不復醒。
古來聖賢皆寂寞，惟有飲者留其名。
陳王昔時宴平樂，斗酒十千恣歡謔。
主人何為言少錢，徑須沽取對君酌。
五花馬，千金裘，
呼兒將出換美酒，與爾同銷萬古愁。

 註釋

將進酒：勸酒歌，屬樂府舊題。將：請。

金 樽：貴重的盛酒器具。

岑夫子：岑勛。丹丘生：元丹丘。二人均為李白的好友。

饌 玉：形容食物如玉一樣精美。

陳 王：指三國時魏國的陳思王曹植，著名文學家，與父親曹操、兄長曹丕並稱「三曹」。

平 樂：觀名。在洛陽西門外，為富豪顯貴的娛樂場所。

恣：縱情任意。

謔：戲。

沽：買。

千金裘：名貴的皮衣。

姓　　名：李白

生卒年：701—762 年

字　　號：字太白，號青蓮居士，
　　　　　賀知章稱其「謫仙人」

代表作：
《望廬山瀑布》《早發白帝城》
《行路難》《蜀道難》《將進酒》等

主要成就：
唐代偉大的浪漫主義詩人，被後人
譽為「詩仙」

地理卡片　❷　黃河

「黃河之水天上來」，黃河之水真是天上來的嗎？黃河的源頭到底在哪裏？

　　黃河發源於青藏高原上的巴顏喀拉山北麓約古宗列盆地，蜿蜒東流，穿越黃土高原及黃淮海大平原，注入渤海。黃河源頭有一片沼澤地，平靜而純淨的水面星星點點，這片地方叫做「星宿海」。星宿海有三條河作為上源，分別是卡日曲、約古宗列曲和扎曲。1985 年，黃河水利委員會結合歷史傳統和各家意見，認定約古宗列曲（又稱瑪曲）為黃河正源，後在瑪曲曲果處豎立了河源標誌。黃河源與長江源、瀾滄江源一起，並稱「三江源」，號稱「中華水塔」。

　　中國古代的地理典籍，如《尚書・禹貢》《山海經》《水經注》等，記載了人們對於黃河源頭的早期探尋。例如，《山海經》中提到，「崑崙之虛（墟），方八百里，高萬仞」，「河水出東北隅，以行其北，西南入渤海，又出海外，即西而北，入禹所導積石山」。其中，「崑崙」不是特指今天的崑崙山脈，而是泛指中國西部的高大雪山；「渤海」也不是今天的渤海，而是指黃河上游的大湖，很有可能是扎陵湖、鄂陵湖這對「雙子湖」；而「積石山」，就是今天的黃河上游積石峽所在地。

　　中國古人對於河源的探索，大體是正確的。這很不容易，因為尋找一條大河的源頭，困難之大難以想象。愈往上游，幹流與支流的分別愈小，往往差之毫釐，謬以千里。直到近現代，科學界確定「河源唯長」、「流量唯大」、「與主流方向一致」等原則，同時依靠長期以來的實地探索，並藉助現代科技的力量，才漸漸撥開很多大河源頭的迷霧。

詩說

很早以前，中國人就開始了對於黃河源頭的探究。黃河的源頭在哪裏？對於這個問題，詩仙李白用瑰麗奇絕的想象力，給出了最為天馬行空的答案。

「黃河之水天上來，奔流到海不復回」，一句話，就把黃河的源頭和歸宿都交代得明明白白——雖然，這關於源頭的表述屬於文學範疇，不屬於科學範疇。但是，這個誇張的說法包含了一條樸素的原理——河流的上游源頭應當是高海拔地區。

這首如黃河般奔放不羈的《將進酒》，是李白與岑夫子（岑勛）、丹丘生（元丹丘）等好友一起宴飲時所作的詩。「君不見，黃河之水天上來，奔流到海不復回。君不見，高堂明鏡悲白

髮，朝如青絲暮成雪。」黃河水的奔流，是空間的轉換；青絲變白髮，是時間的流逝。空間與時間的變化，無法逆轉重來，在自然偉力、宇宙規律面前，人類顯得那麼渺小和無能。既然如此，又能做些甚麼？「人生得意須盡歡，莫使金樽空對月」；「烹羊宰牛且為樂，會須一飲三百杯」「鐘鼓饌玉不足貴，但願長醉不願醒」……不如及時行樂，不如大醉一場。

但是，李白果真是耽於及時行樂嗎？果真是甘於庸庸碌碌嗎？「天生我材必有用，千金散盡還復來」；「古來聖賢皆寂寞，惟有飲者留其名」，他總是在高舉酒杯之後，念念不忘大濟蒼生的夢想，對自己的才能充滿自信。自古以來，聖賢無不經歷寂寞困厄，他們就是鼓勁勵志的榜樣。

「陳王昔時宴平樂，斗酒十千恣歡謔。」每當高朋滿座、眾人歡謔的時候，李白總會想到相隔數百年、鬱鬱不得志的陳王曹植。其實，跟「才高八斗」的陳王一樣，李白也常常是哀愁的、徬徨的，他的抱負在當時是難以施展的。但是，他的哀愁與徬徨不是小溪小河式的低吟淺唱，而是大江大河式的咆哮奔湧。「五花馬、千金裘，呼兒將出換美酒，與爾同銷萬古愁。」千金如同糞土，只有雄視天下的黃河，才配得上他的萬古愁情。

浪淘沙

唐 劉禹錫

九曲黃河萬里沙，
浪淘風簸自天涯。
如今直上銀河去，
同到牽牛織女家。

 註釋

浪淘沙：唐教坊曲名。創自劉禹錫、白居易，其形式為七言絕句。後又用為詞牌名。

浪淘風簸：黃河捲着泥沙，風浪滾動的樣子。簸：掀翻，上下簸動。

牽牛、織女：銀河系的兩個星座名。中國民間有牛郎（牽牛）、織女的傳說故事。

地理卡片 ● 黃河

「九曲黃河萬里沙」，黃河的泥沙情況是怎樣的呢？

黃河是一條以泥沙多而著稱的河流，黃河泥沙大部分來自中游。黃河中游流經黃土高原，這裏土層酥鬆，歷史上植被破壞嚴重，一遇暴雨，大量泥沙與雨水一起匯入黃河。與此同時，黃河中游的渭河、涇河、北洛河等支流也帶來了大量泥沙。「一碗水，半碗泥」形象地反映了當時的黃河中下游河段含沙量之大。中華人民共和國成立以來，黃土高原水土流失的綜合治理不斷推進。據《中國河流泥沙公報》統計顯示，2009 年以來，黃河年均輸沙量為 1.66 億噸，昔日的「黃」河正在逐漸變清。

 詩人卡片

姓　名：劉禹錫
生卒年：772—842 年
字　號：字夢得
代表作：
《陋室銘》《竹枝詞》《楊柳枝詞》《烏衣巷》等
主要成就：
唐代著名思想家、政治家、文學家，有「詩豪」之稱

劉禹錫人稱「詩豪」，這首《浪淘沙》盡顯他的「詩豪」本色：寥寥幾十個字，把黃河蜿蜒曲折、泥沙俱下、桀驁不馴、縱橫天地的氣象全部呈現了出來。

「九曲黃河萬里沙」，黃河在中國大地上寫出了一個巨大的「几」字，幾乎每一處大轉折都是直角，這種曲折程度，在諸多世界長河中也十分罕見。打開一張黃河流域的大比例尺地圖，你就會發現：黃河何止有「九曲」，九百九十九道曲都不為多。黃河在陝西省延安市東北部的延川縣河段有一個「乾坤灣」，轉彎角度達到 320 度，就像一幅天然太極圖。

黃河之「黃」，在於它的「泥沙俱下」。黃河泥沙，大部分來源於中游地區，特別是河口鎮到潼關這一河段。黃河穿過晉陝峽谷，急流直下，切割黃土就像快刀切豆腐一樣，而後衝出峽谷，一路向南。這種氣象，如狂飆，如奔馬，正是「浪淘風簸自天涯」。在這一河段，不僅是黃河幹流，渭河、沁河等一級支流（直接流入的支流），還有涇河、北洛河等二級支流，都「貢獻」了巨量的黃土泥沙，其中大量還是粗泥沙。

據科學推算，在上古時期，黃土高原的氣候比現在溫暖濕潤，植被保持得比較好，受人類干預破壞也比較少，黃河還是比較清澈的。而今，我們要想恢復黃河本來的面貌，就要尊重自然、敬畏自然，做好黃河流域的生態環境治理工作。

黃河給人們留下了如此深刻的印象，以至於在中國語言文字中，「河水」最早就專指這條河流。後來，「河」才漸漸被用來泛指所有流水。甚至，古人看到橫亙夜空的巨大星系，也首先想到用「河」來給它命名，這就是「銀河」的由來。「如今直上銀河去，同到牽牛織女家。」黃河遠去，也許是直上白雲，與銀河融為一體、不分彼此……

涼州詞

唐 王之渙

黃河遠上白雲間，
一片孤城萬仞山。
羌笛何須怨楊柳，
春風不度玉門關。

 註釋

涼州詞：唐樂府名，又名《出塞》。為當時流行的曲子《涼州》配的唱詞。

仞：古代的長度單位，以七尺或八尺為一仞。

羌笛：屬橫吹式管樂，是唐代邊塞一種常見的樂器。

楊柳：此處指舊題樂府《折楊柳》。

詩人卡片

姓　　名：王之渙
生卒年：688—742 年
字　　號：字季凌
代表作：
《登鸛雀樓》《涼州詞》等
主要成就：
唐代著名詩人，尤善五言詩，以描
寫邊塞風光為勝

地理卡片

黃河

黃河、涼州和玉門關，它們之間有甚麼關聯？為甚麼說「春風不度玉門關」呢？

　　這首詩所描述的，是河西走廊一帶的情景。河西走廊，顧名思義，位於黃河以西。具體來說，它在今甘肅省烏鞘嶺和黃河以西，祁連山以北，龍首山、合黎山、馬鬃山以南，西端到甘肅、新疆交界附近。走廊東西長約 1200 千米，南北寬度由幾千米至二三百千米不等。走廊底部海拔多在 1200~1500 米之間，地面起伏，分佈着一些丘陵、山地。多砂磧、戈壁，綠洲斷續相連，依賴雪水、河水灌溉，農牧業較為興盛。這條走廊自古是中原同西域（玉門關、陽關以西地區）的交通要道。

　　涼州和玉門關，都位於河西走廊上。漢武帝時期分天下為十三州，涼州為其中一州，涼州治所在武威（今甘肅省武威市）。玉門關也是漢武帝所置，因西域輸入玉石取道於此而得名，故址在今甘肅省敦煌市西北的小方盤城，而後又多次遷址。涼州和玉門關，正好位於河西走廊的東西兩側。

　　「羌笛何須怨楊柳，春風不度玉門關。」春風為甚麼不度玉門關？因為這裏四周被群山環繞，分別從不同的方向阻擋了來自大西洋、印度洋、太平洋的暖濕氣流，導致氣候乾燥，降水稀少。這裏的暖濕氣流，就是夏季風，即詩中的春風。在我國的北方，夏季風控制的時間比較短。每年 4—5 月，夏季風到達我國的東南沿海；7 月推進到華北和東北；而到了 9 月份，受到冬季風的逼迫，不得不退回到南方，因此有了「春風不度玉門關」這一名句。

詩人王之渙傳世的詩作不多，只有六首，但幾乎首首是名篇。關於這首《涼州詞》，有幾個有趣的典故：

其一，據說王之渙原作的第一句是「黃沙直上白雲間」，後來漸漸流傳成「黃河遠上白雲間」。其實，兩個版本各有千秋，都很精彩。「黃沙」更加寫實，因為河西走廊位於中國的西北部，沙漠戈壁相連，「直上白雲間」，這是遮天蔽日、氣勢逼人的沙塵暴！而「黃河」更有意境，從河西走廊的方位眺望黃河，只見大河悠遠綿長，一直流往天邊，給人無窮的想象空間。

其二，傳說有人傳抄這首《涼州詞》時，寫丟了一個「間」字。中國古代書寫不用標點符號，由閱讀者自行斷句。此人靈機一動，把這首「殘詩」變成了一首妙詞：「黃河遠上，白雲一片，孤城萬仞山。羌笛何須怨，楊柳春風，不度玉門關。」能夠如此「無痕切換」，這是漢語獨有的魅力。

第三個典故，叫「旗亭畫壁」。傳說王之渙和王昌齡、高適等詩人一起去酒樓（旗亭）小酌，聽到歌女在傳唱當時的名篇佳作。他們一起離席，圍着火爐，打賭唱到誰的詩，就在牆壁畫上

一道，看誰的詩編入歌詞多，誰就最優秀。歌女連唱王昌齡、高適的幾首詩，還沒有王之渙的詩，但是王之渙淡定自若。果然，壓軸曲目就是王之渙的這首《涼州詞》。

一首詩能衍生出這麼多典故，足以說明它的經典程度。

《涼州詞》描述的是河西走廊。河西走廊是中原溝通西域的交通要道。西漢時期，張騫經行這條走廊，實現「鑿空西域」的偉大創舉。霍去病在河西走廊大敗匈奴後，漢武帝得以設立武威（涼州）、張掖（甘州）、酒泉（肅州）、敦煌（沙州）等「河西四郡」。四郡之中，涼州為首。涼州也好，武威也好，都透露着這個地方的獨特氣質：蒼涼而剛健。

「黃河遠上白雲間，一片孤城萬仞山。」這是河西走廊的真實寫照。萬仞祁連山的山頂，永遠白雪皚皚。正是這雪山上的融雪，匯成汩汩溪流，在山腳下形成一座座綠洲。「孤城」斷續相連，如同一條珍珠鏈。河西走廊的西端，將要進入西域的地方，有兩座雄關──北邊的玉門關和南邊的陽關。「春風不度玉門關」也好，「西出陽關無故人」也好，當它們出現在詩歌裏，總是意味着分離與艱辛。涼州城頭，玉門關上，羌笛聲聲，這是當年離鄉戍邊時的送別曲《折楊柳》啊，守城將士聽此曲無不垂淚思鄉……

征人怨

唐 柳中庸

歲歲金河復玉關，
朝朝馬策與刀環。
三春白雪歸青冢，
萬里黃河繞黑山。

金河、青冢和黑山，它們都在甚麼地方？跟黃河有甚麼關係呢？

它們都在河套平原上。河套平原位於今內蒙古自治區中西部，北依狼山、大青山，南界鄂爾多斯高原，西起磴口（巴彥高勒），東至呼和浩特以東。東西長 300 多千米，南北寬一般為 30~40 千米，海拔多在 900~1100 千米。平原的主體是由黃河沖積形成的，習慣上分為前套和後套兩部分。前套平原在烏拉山西南端的一個小山咀（西山咀）以東，包括包頭、呼和浩特一帶；後套平原在西山咀以西。河套平原溝渠縱橫，灌溉發達，有「塞上江南」的美稱。

金河即大黑河，發源於今內蒙古自治區烏蘭察布市卓資縣境內。青冢是王昭君墓，西漢時王昭君出塞和親，嫁給匈奴單于，死後葬在草原上。黑山指大青山，屬陰山山脈。黃河在「黑山」拐彎，由向東改為向南。所以稱「萬里黃河繞黑山」。

至於「玉關」，本意指河西走廊上的玉門關，這裏用來指代邊關。

 註釋

馬策：馬鞭。

刀環：刀柄上的銅環，喻征戰事。

三春：暮春時節。

姓　　名：柳中庸
生卒年：？—約 775 年
字　　號：名淡，字中庸
代表作：
《征人怨》《聽箏》
主要成就：
唐代邊塞詩人

　　黃河在大地上畫出一個巨大的「几」字，「几」字最上面的一橫，就是河套平原。有句老話，「黃河百害，唯利一套」，黃河經常泛濫成災，只有河套地區受益。事實上，河套之富足不僅在於天時地利，更在於人類的改造利用。中國人善用水利，為了充分利用黃河，人們在這裏開挖了密佈的河渠，形成廣大的灌區。這些河渠，就像一頂小帽子「套」在黃河頭上。

　　河套是一片豐腴的土地，歷來是各政權、部族爭奪的焦點。於是，就有了柳中庸的這首《征人怨》。

　　《征人怨》是一首邊塞詩，描繪了戍邊戰士年年歲歲不停征戰的生活狀態，以及邊地荒涼苦寒的景象。漢王朝與匈奴，唐王朝與突厥、回鶻（回紇）……千百年來，這裏上演過一幕幕「戰爭與和平」的歷史大劇，這就是「歲歲金河復玉關，朝朝馬策與刀環」。

　　「三春白雪歸青冢，萬里黃河繞黑山」說的是王昭君。唐朝人作詩，喜歡講述「大漢往事」。西漢王朝曾與匈奴和親，昭君出塞的故事最為著名。昭君的出生地，在長江三峽邊的秭歸城；昭君的出發地，是大漢長安的巍巍宮城；昭君的歸宿地，是草原上的一座青冢。一個弱女子，承擔着家國使命，千里萬里遠赴塞外，真是令人感慨萬千。

　　傳說，塞外草木枯黃之時，哪怕大雪紛飛，唯獨昭君「青冢」青草茂盛。這個溫暖的傳說，傳遞着人們對昭君的敬愛和疼惜。昭君已逝，青冢依舊；黃河萬里，黑山不語。

秋 望

明 李夢陽

黃河水繞漢邊牆，河上秋風雁幾行。

客子過壕追野馬，將軍韜箭射天狼。

黃塵古渡迷飛輓，白月橫空冷戰場。

聞道朔方多勇略，只今誰是郭汾陽？

 註釋

漢邊牆：指明朝在大同府西北所修的長城，它是明王朝與韃靼部族的邊界。

韜 箭：將箭裝入袋中，整裝待發之意。韜，裝箭的袋子。

天 狼：指天狼星，古人以為此星出現預示有外敵入侵。

飛 輓：快速運送糧草的船隻，是「飛芻輓粟」的省說，指迅速運送糧草。

朔 方：唐代方鎮名，治所在靈州（今寧夏回族自治區銀川市靈武市），這裏用來指北方邊塞。

郭汾陽：即郭子儀，唐代名將，曾任朔方節度使，以功封汾陽郡王。

地理卡片 🌀 黃河

　　「黃河水繞漢邊牆」是作者在詩中的描寫，而黃河幹流「几」字形上面這個彎，究竟把誰繞在裏面了？答案是鄂爾多斯高原。黃河「几」字形的最上一橫，上面是河套平原，下面就是鄂爾多斯高原。鄂爾多斯高原是內蒙古高原的一部分，在內蒙古自治區的中南部，鄂爾多斯市境內，黃河在西、北、東三面環繞，南界長城，海拔 1500 米左右。多沙丘，河流稀少，鹽湖廣佈。在秦、漢、唐、明等朝代，北方前線一般都在這一帶遊移。

　　有趣的是，雖然有黃河三面環繞，但鄂爾多斯高原沒有河流與黃河連通，屬於內流區。在中國外流區、內流區分界地圖上可見，黃河「几」字形的腹地有一塊內流區域，就是鄂爾多斯高原。

姓　名：李夢陽
生卒年：1473—1530 年
字　號：字獻吉，號空同子
代表作：
《秋望》《石將軍戰場歌》《汴京元夕》等
主要成就：
復古派「前七子」的領袖人物（前七子是明弘治、正德年間的文學流派。成員包括李夢陽、何景明、徐禎卿、邊貢、康海、王九思和王廷相七人）

　　黃河「几」字形最上面一橫的東側，也就是今天的內蒙古中南部、山西北側一帶，包括鄂爾多斯高原，在古代往往是中原王朝與北方遊牧政權對峙的前線。這首詩寫作的地理背景，也在這裏。

　　明朝時期，朝廷在北方設立九邊重鎮，山西大同就是其中之一。「黃河水繞漢邊牆，河上秋風雁幾行。」此地曾有漢長城，而在當時則有雄偉的明長城，城樓峨峨，黃河滔滔。「客子過壕追野馬，將軍韜箭射天狼。」邊關霜冷長河，將士躊躇滿志，不畏苦寒。

　　兵馬未動，糧草先行，這是邊塞生活的常態。在交通條件有限的古代，糧草輜重的運輸尤為困難。「黃塵古渡迷飛輓」，這一句彷彿把我們拉到幾百年前的現場：黃河渡口上煙塵沸騰，從遙遠中原和南方運來的糧草在此卸船，牛馬大車接上貨物，吱吱呀呀，翻山越嶺，長途跋涉，舟車勞頓。

　　邊塞，是中國詩歌中一個永恆的話題。唐朝人的邊塞詩，往往旁徵博引漢朝典故，漢武帝、飛將軍、蘇武、霍去病，都是唐詩中常見的主角；而到了明朝李夢陽的這首詩裏，唐朝名將郭子儀，則成了典故的主角，遂有「聞道朔方多勇略，只今誰是郭汾陽」之語。任何一個時代，都在呼喚有勇有謀的真英雄。

行路難

唐 李白

金樽清酒斗十千，玉盤珍羞直萬錢。

停杯投箸不能食，拔劍四顧心茫然。

欲渡黃河冰塞川，將登太行雪滿山。

閒來垂釣碧溪上，忽復乘舟夢日邊。

行路難！行路難！多歧路，今安在？

長風破浪會有時，直掛雲帆濟滄海。

 註釋

金 樽：盛酒的器具，以金為飾。

斗十千：一斗值十千錢（即萬錢），形容酒美價高。

珍 羞：珍貴的菜餚。

直：通「值」，價值。

投箸：丟下筷子。箸，筷子。

歧路：岔道，不正確的路。

安：哪裏。

地理卡片　黃河

「欲渡黃河冰塞川」，冬天的黃河是這番景象嗎？

沒錯，這就是黃河的冰情。據說，每年黃河結冰之後，古人看到狐狸走過冰面，就知道可以行人了。其實，黃河冰層最厚之時，足以在上面走人、走馬、走車。

而在黃河冰情中，凌汛又是一個很值得關注的現象。每年初春開河時，黃河會在上游寧夏回族自治區石嘴山市到內蒙古自治區呼和浩特市托克托縣河口鎮，以及下游河南省鄭州市花園口到山東省東營市入海口兩個河段出現凌汛。其原因在於黃河的這些河段解凍開河時，上游已經解凍，下游仍有堅冰。巨大的冰塊漂流翻騰，很容易堵塞河道，導致黃河泛濫甚至決口。黃河凌汛，對古人來說就是洪水猛獸。直到今天，人們依然不敢小覷，經常要用飛機、大炮來轟炸堅冰。

　　李白的這首《行路難》，同《將進酒》一樣，是借用黃河來表達自己無比的苦悶與徬徨。冬日黃河，堅冰堵塞，令人生畏；而剛剛結冰之時，或者解凍凌汛之際，湍急的水流與巨大的冰塊一起翻滾，人們渡河更是千難萬險！

　　「欲渡黃河冰塞川，將登太行雪滿山。」黃河與太行，這是北方的河與北方的山，它們何其雄偉壯麗。巍巍太行，縱貫南北約八百里，也曾春花爛漫，也曾夏木繁蔭，也曾層林盡染，而到了嚴冬時節，層巒疊嶂一夜白頭。冰塞黃河、雪擁太行，這簡直是無路可走的感覺！怪不得李白要一唱三歎：「行路難！行路難！多歧路，今安在？」

　　聯想到這些，最愛飲酒的李白不禁感到，金樽清酒也不美了，玉盤珍羞也不香了。他將酒杯一放，筷子一丟；抽出匣中寶劍，只見寒光閃閃；待欲舞劍，又不免一聲長歎，真是內心茫然！

　　「閒來垂釣碧溪上」，這是一個典故，傳說姜太公曾在磻溪釣魚，得遇周文王，助周滅商；「忽復乘舟夢日邊」，這又是一個典故，古人伊尹曾夢見自己乘船從日月旁邊經過，後被商湯起用，助商滅夏。

　　倔強而又自信的李白聯想到上古先賢的人生際遇，又增添了對未來的信心。堅冰塞川又如何？凌流滾滾又如何？待到春暖花開，自然是「長風破浪會有時，直掛雲帆濟滄海」！

贈裴十四

唐 李白

朝見裴叔則，朗如行玉山。

黃河落天走東海，萬里寫入胸懷間。

身騎白黿不敢度，金高南山買君顧。

徘徊六合無相知，飄若浮雲且西去。

 註釋

裴十四：唐朝人裴政，李白好友，著名隱士。

裴叔則：晉朝人裴楷，儀容俊朗，人稱「玉人」。這裏用來形容裴政。

身騎白黿不敢度：源自《楚辭・九歌・河伯》詩句「乘白黿兮逐文魚，與女游兮河之渚」。黿，一種大龜。度，同「渡」。

金高南山買君顧：源自《列女傳・節義傳》中的一個故事，楚成王夫人子瞀不因成王封賞千金而顧看，以示自重。

六合：天地之間，上下和東西南北四方謂之六合。

> 地理卡片 ｜ 黃河
>
> **在唐朝，人們如果要觀賞「黃河落天走東海」的景象，一般會去哪裏呢？**
>
> 　　唐代的關中和黃河以東一帶是國家的政治、經濟、文化核心區域，所以，人們一般會去晉陝峽谷觀賞黃河。黃河東流，被高大的呂梁山阻攔後，遂轉向南，這也是黃河「几」字形的右邊一豎，在黃土高原上切割出著名的晉陝峽谷。河東為「晉」，即今天的山西省；河西為「陝」，即今天的陝西省。晉陝峽谷沿線及周邊有很多著名景觀，包括壺口瀑布、龍門峽谷、鸛雀樓、潼關等。

　　這是一首贈別詩。李白贈別的對象，大多是高士和隱者，這也是他自己嚮往的一種生活方式。而李白對贈別友人的最高褒獎，就是用山水江河來比興。對於裴十四（裴政），李白更是聯想到了黃河，這是極高的讚譽了。

　　黃河是甚麼樣的？「黃河落天走東海，萬里寫入胸懷間。」如同《將進酒》中的「黃河之水天上來，奔流到海不復回。」同樣是寥寥兩句，就把它的源頭與去向說得明明白白。黃河，天上來，向海去，穿越晉陝峽谷，營造出壺口瀑布、龍門峽谷這樣的天下奇觀。萬里黃河，入君胸懷；君之胸懷，如河萬里！

　　「朝見裴叔則，朗如行玉山。」裴叔則，是裴十四的本家前輩，晉朝名士，《世說新語》中說「見裴叔則如玉山上行，光映照人」。「金高南山買君顧」是《列女傳‧節義傳》中的一個故事，楚成王為了博得子瞀一顧，承諾封賞千金給她，子瞀不為所動。種種典故，用在裴十四身上都恰如其分，足見他的風神俊朗與潔身自好！

　　磊落隱士，天地之間，曲高和寡；不如騎鶴而去，直上青天。這就是「徘徊六合無相知，飄若浮雲且西去」。天上一瞥，也許更見「黃河落天走東海，萬里寫入胸懷間」的氣魄！

秋日赴闕題潼關驛樓

唐 許渾

紅葉晚蕭蕭，長亭酒一瓢。

殘雲歸太華，疏雨過中條。

樹色隨關迥，河聲入海遙。

帝鄉明日到，猶自夢漁樵。

 註釋

闕：本指古代皇宮大門前兩邊供瞭望的樓，這裏指唐都城長安。

驛樓：驛站的樓台。

迥：遠。

帝鄉：京都，指長安。

漁樵：打魚和砍柴，這裏指隱逸的生活。

地理卡片　黃河

潼關、太華、中條，它們跟黃河有甚麼關係呢？它們都位於黃河中游從南向東大拐彎的地方，互為襯托映照。潼關是古關隘名，在今陝西省渭南市潼關縣境內，係東漢末年所置，唐時移動關址，北臨黃河，當陝西、山西、河南三地要衝，歷來為軍事要地。太華是西嶽華山的別稱，在今陝西省渭南市，位於潼關西側。中條就是中條山，在今山西省運城市，位於潼關東側，黃河對岸。

詩人卡片

姓　　名：許渾

生卒年：約791—約858年

字　　號：字用晦，一作字仲晦

代表作：

《故洛城》《咸陽城東樓》《姑蘇懷古》等

主要成就：

晚唐最具影響力的詩人之一

　　黃河自北向南穿越黃土高原的晉陝峽谷，在潼關這個地方遇到華山山脈的阻攔，流向轉為自西向東。此地是今天的陝西、山西、河南三省交界處，具有非常厚重的歷史和人文底蘊。

　　在中國的文史典籍中，你會經常看到「關中」、「關東」這樣的字眼。「關」，就指這一帶的潼關、崤關、函谷關等一系列關隘。這些雄偉的關隘，依傍黃河、背靠大山，一夫當關、萬夫莫開，自古以來，就是兵家必爭之地，文人騷客憑弔之所。

　　潼關，位於黃河南岸，它的面前是滾滾河水，身後是巍峨的西嶽華山，斜對岸是雄偉的中條山。這座關隘，是唐朝西京長安與東都洛陽之間的必經之地。許渾當時是第一次從家鄉江南赴京城長安，途經潼關，深感氣象宏大、迥異江南，生發出無限感慨。

　　深秋日暮的潼關，尤有韻味。瀟瀟雨後，殘陽如血，紅葉愈加鮮豔。長亭之上，何不飲薄酒一杯？抬眼望去，只見淡灰色的殘雲兀自漂移，籠罩在華山之巔；大河對岸，中條山影影綽綽、巍峨聳立。

　　「樹色隨關迥，河聲入海遙。」潼關關城之上，極目眺望黃河奔到眼前，又怒吼遠去。它已經穿越了壺口與龍門，激蕩跳躍；它向大海奔去，前方還有三門峽和桃花峪，還有孟津渡和汴梁城。

雜 詩

唐 王維

家住孟津河，
門對孟津口。
常有江南船，
寄書家中否？

「津」是渡口的意思，那「孟津」指甚麼呢？孟津，今河南省洛陽市所轄縣，是一個古老的縣邑。《尚書·禹貢》中有註解：「孟為地名，在孟置津，謂之孟津。」孟津河，指黃河流經河南省洛陽市孟津縣的一段，是黃河孟津段的別稱。孟津口為這一帶黃河上的渡口，這裏的古渡口有孟津渡、雲水渡等。孟津一帶相傳是「武王伐紂，與八百諸侯會盟」之地，為古代交通要道。

詩人卡片

姓　名：王維
生卒年：699 或 701－761 年
字　號：字摩詰，號摩詰
　　　　居士
代表作：
《山居秋暝》《竹裏館》《鹿柴》《渭川田家》等
主要成就：
唐朝著名詩人，與孟浩然合稱「王孟」，有「詩佛」之稱。蘇軾評價其：「味摩詰之詩，詩中有畫；觀摩詰之畫，畫中有詩。」

詩說

　　王維有一首著名的《雜詩》:「君自故鄉來,應知故鄉事。來日綺窗前,寒梅著花未?」事實上,王維的《雜詩》是一組三篇,《君自故鄉來》是第二篇,而《家住孟津河》則是第一篇。這三首詩的主題,都是思念故鄉或者親人。

　　《家住孟津河》,是用一位留守家中的少婦口吻,表達對漂泊在外的夫君思念之情。他們家住在黃河南岸的孟津河邊,正對着孟津渡口。渡口邊上每日船來船往,舟楫相連。小女子登閣觀望,不知道哪一艘靠岸的船上會有信使,帶來身處江南的夫君的書信。甚或,不知哪一艘靠岸的船上,會出現夫君的身影?

　　古時,男人外出「打拼」,或做官,或打仗,或經商,而妻子留守家中閨閣,這是一種常態。思念夫君、盼君音信的詩歌,也是一種常見的題材。這類詩歌,往往婉約生動、一唱三歎,充溢着期待又帶有絲絲惆悵的情懷。

　　這首《雜詩》,很像是一部微小說,而王維給這個故事選定的發生地也很有講究。孟津,是一處水陸交通要地。相傳上古時期周武王伐紂,就是在這個地方會盟諸侯並且渡過黃河,此地因此而得名「盟津」,後來又演化成「孟津」。

　　唐朝時期,孟津繁華依舊。這是因為孟津靠近洛陽,是長安與洛陽兩大都會之間的必經之地。同時,隋唐大運河溝通江南與中原,而孟津就處在從江南到兩京的交通線上,自然會有很多「江南船」來來往往,也自然會有很多悲歡離合的故事在這裏上演。

書河上亭壁

宋 寇準

岸闊檣稀波渺茫，
獨憑危檻思何長。
蕭蕭遠樹疏林外，
一半秋山帶夕陽。

 註釋

檣：船的桅杆，這裏指代船隻。

危檻：高高的欄杆。

蕭蕭：風聲。

地理卡片 ❀ 黃河

詩名「書河上亭壁」，這座黃河邊上的亭子，在甚麼地方呢？

河亭位於當時的軍事重鎮河陽，即今河南省焦作市孟州市。古代以山之南、水之北為陽，顧名思義，河陽位於黃河的北岸。有河陽，也有河陰，河陰縣城位於黃河南岸，在今河南省洛陽市孟津縣。

河陽、河陰外，古時還有不少以黃河為「坐標」的地名。唐時期曾分天下為十道，其中有以河南、河北、河東命名的行政區。河南、河北以黃河為界，與今天的河南省、河北省劃分大體一致。河東則指黃河晉陝峽谷以東地區，主體是今天的山西省。至於河西，一般指河西走廊，主體位於今甘肅省境內。

 詩人卡片

姓　名：寇準
生卒年：961—1023 年
字　號：字平仲
代表作：
《春日登樓懷歸》《書河上亭壁》《詠華山》《陽關引·塞草煙光闊》等
主要成就：
北宋著名政治家、詩人

在中國歷史上，寇準首先是一位政治家，其次才是一位文學家。他最有名的事跡，是在北方遼軍大兵壓境之時堅決主張抵抗，並且主導訂立了「澶淵之盟」，保障了宋朝長達百年的邊境安寧。

所以，讀寇準的詩，我們可以強烈地體會到一個政治家的思想和抱負。《書河上亭壁》其實是一組詩，分為春夏秋冬四篇，這裏選取的是第三篇，也是最著名的一篇，它描寫的是秋日黃河景象。

當時，寇準鎮守位於黃河北岸的軍事重鎮河陽。這個地方很重要，因為它守衛的是黃河以南開封、洛陽等重要都市。古代的中原王朝，外敵主要來自北方，如果定都在開封、洛陽，河陽便首當其衝；如果內部發生叛亂，河陽也是兵家必爭之地。

唐朝詩人杜甫著名的「三吏」、「三別」，其中就多次提到河陽：《石壕吏》中有「急應河陽役，猶得備晨炊」；《新婚別》中有「君行雖不遠，守邊赴河陽」。可見，在安史之亂中，官軍和叛軍就曾激烈爭奪河陽。

寇準在河陽亭上，靜觀秋日的黃河。黃河地處北方，北方的降雨集中在夏、秋兩季，此時黃河水勢最大。人們很早就觀察到這種現象，《莊子・秋水》篇中描述道：「秋水時至，百川灌河。涇流之大，兩涘渚崖之間，不辯牛馬。」寇準所看到的，依然如此。「岸闊檣稀波渺茫」，水勢浩大，兩岸開闊，煙波浩渺，舟船稀少。

「蕭蕭遠樹疏林外，一半秋山帶夕陽。」目睹這樣壯麗的黃河落日，河亭之上的寇準，「獨憑危檻思何長」，陷入了沉思。他在想甚麼呢？想着如何才能國富兵強，想着河山怎樣固若金湯。

河亭一日，倏忽而過，轉眼已是傍晚。倦鳥歸林，夕陽晚照，暮光灑在河面上，日頭漸漸沉入了遠山……

河 廣

《詩經·衛風》

誰謂河廣？一葦杭之。
誰謂宋遠？跂予望之。

誰謂河廣？曾不容刀。
誰謂宋遠？曾不崇朝。

 註釋

葦：用蘆葦編的筏子。

杭：通「航」。

跂：通「企」，踮起腳尖。

曾：乃，竟。

刀：通「舠」，小船。

崇朝：終朝，形容時間之短。

地理卡片 黃河

這首詩中出現的衛、宋在甚麼地方？它們跟黃河是甚麼關係？

衛和宋都是西周初期分封的諸侯國，其國土多為殷商舊土，其國民多是殷商的遺民。兩國均位於黃河下游，隔黃河而望。衛國的主體先在黃河北岸，都城在朝歌，即今天的河南省鶴壁市；後遷都到當時黃河南岸的楚丘，而後又遷都到帝丘，均在今天的河南省濮陽市（歷史上，黃河曾幾次改道，今日的濮陽市在黃河北岸）。宋國的主體在黃河南岸，都城在商丘，即今天的河南省商丘市。

 詩人卡片

《詩經》是中國最早的詩歌總集。編成於春秋時期，共 305 篇，又稱「詩三百」，相傳由孔子編輯整理。《詩經》分為《風》《雅》《頌》三個部分。《風》有十五國風，《雅》有《小雅》《大雅》，《頌》有《周頌》《魯頌》《商頌》。這些詩歌大抵是周初到春秋中葉的作品，產生於今陝西、山西、河南、山東及湖北等地，其詩篇形式以四言為主，擅長運用賦、比、興的手法，語言樸素優美，聲調自然和諧，富有藝術感染力。

　　《詩經》中的十五國風，是先秦時期多個諸侯國的民歌。這些諸侯國，大多分佈在黃河中下游地區。其中，衛、鄭、宋、陳等諸侯國大體在今天的河南省境內，是當時經濟文化最為發達的地區。作為「流行文化」的「鄭衛之音」，風格大膽奔放、富有浪漫氣息。

　　這首《河廣》涉及衛、宋兩個諸侯國。研究者大多認為，此詩是春秋時代僑居衛國的宋人表達自己還鄉心情急迫的思歸詩。當時，衛國主體位於黃河北岸，宋國主體位於黃河南岸，兩國之間隔着黃河。

　　「誰謂河廣？一葦杭之」;「誰謂河廣？曾不容刀」。黃河真的憑一個小筏子就可以渡過去嗎？黃河真的可以踮踮腳就能看清對岸嗎？這是一種誇張的說法。一條萬里之長的河流，哪怕是上游、中游，要想渡河也是千難萬難，何況是在匯聚千百支流、裹挾無數泥沙的下游？但正是這種石破天驚的誇張手法，表達出了這位遊子思鄉心切的強烈情感。而正是這種超乎尋常的強烈情感，使這首詩於千載之下，令無數讀者為之動容。

　　透過這種奇特的誇張，我們可能會產生一個疑問：宋國既然「這麼近」，那麼，這位遊子為甚麼不回去呢？這首詩中沒有明確給出說明和解答。這是本詩的「留白」，也是一種無聲勝有聲的藝術效果。

渡河到清河作

唐　王維

泛舟大河裏，積水窮天涯。

天波忽開拆，郡邑千萬家。

行復見城市，宛然有桑麻。

回瞻舊鄉國，淼漫連雲霞。

 註釋

天波：指天空的雲氣，形容極為高遠。

拆：裂，開。

郡邑：城市。

宛然：真切、清晰的樣子。

桑麻：桑樹與苧麻，這裏指農作物。

回瞻：回望。

淼漫：水流廣遠的樣子。

地理卡片　黃河

「渡河到清河」，清河在哪裏？王維又是從哪裏渡河過去的？

　　據考證，清河縣為唐貝州治所，在今河北省邢台市清河縣，地處隋唐大運河邊。王維當時在濟州（今山東省聊城市茌平區）。清河、濟州，都位於黃河下游地區。唐代濟州屬河南道，貝州屬河北道，由濟州治所渡大運河向西北，即可至清河。

　　王維不只是「詩佛」，他在年輕的時候曾經壯遊各地，寫下不少描寫大山大河、邊塞風光的詩篇，氣象雄渾壯闊。這首《渡河到清河作》，就是王維早年居住在濟州時創作的。

　　這首詩，描寫的是當時黃河下游的景象。黃河中下游地區是中華文明的重要源頭，長期以來也是高度發達的地區。黃河從中游黃土高原攜帶了大量泥沙而下，這是一把「雙刃劍」：下游經常因此發生淤塞、泛濫、決堤、改道等災害，但富含營養的泥沙也給下游的農業生產帶來便利。幸運的是，唐朝時期，黃河下游基本沒有發生過大的災害，所以，王維看到的，是一派泱泱繁榮的景象。

　　「泛舟大河裏，積水窮天涯。」人在河中，兩岸茫茫，人、馬、牛、羊如螞蟻、如草芥。西望上游之水，滔滔不盡、滾滾而來；東看逝去河水，直往天邊盡頭，遙想大海無涯。

　　「天波忽開拆，郡邑千萬家。行復見城市，宛然有桑麻。」渡船漸漸接近對岸，渺渺茫茫的水面漸漸退出視野，突然看見地平線上星羅棋佈的城郭、村舍，來往行走的人們。在肥沃坦蕩、一望無垠的黃河下游平原上，人們生產勞作，採桑、耘田、播種、漁獵，人人安適愉快，自得其樂。一路行舟，只見便利的交通，勤勞的民眾，繁榮的城市，繁華的景象。

　　此情此景，令人心馳神往。「回瞻舊鄉國，淼漫連雲霞。」此時身處黃河下游的王維，也許想起了他的故鄉河東道，想起了他的精神家園長安、洛陽。而黃河與運河就像「動脈」把這些地方連接起來，成為息息相通的一體。

秋夜將曉出籬門迎涼有感

宋 陸游

三萬里河東入海，

五千仞岳上摩天。

遺民淚盡胡塵裏，

南望王師又一年。

 註釋

五千仞： 形容高。仞，古代計算長度的一種單位，為周尺八尺或七尺。
周尺一尺約合今日二十三厘米。

遺 民： 指在金人佔領區生活，卻認同南宋王朝統治的漢族人民。

胡 塵： 指金人入侵中原，也指胡人騎兵的鐵蹄踐踏揚起的塵土和金
朝的暴政。

王 師： 指宋朝的軍隊。

地理卡片 ◎ 黃河

黃河是在哪裏入海的？

這個問題沒有固定的答案。在歷史上，黃河下游
曾多次改道，入海口也多次變化。黃河向北最遠擺動
到今海河入海口，向南最遠曾侵奪淮河河道，在今江
蘇北部入海。1855 年，黃河再次改道，入海口由黃
海北移至渤海，在今山東省東營市。黃河攜帶大量泥
沙入海，在渤海凹陷處沉積形成的沖積平原叫黃河三
角洲。

 詩人卡片

姓　名： 陸游
生卒年： 1125—1210 年
字　號： 字務觀，號放翁
代表作：
詩作《十一月四日風雨
大作》《遊山西村》《臨安
春雨初霽》《示兒》，詞作
《釵頭鳳·紅酥手》《卜算
子·詠梅》等
主要成就：
南宋著名愛國主義詩人，
中興四大詩人（尤袤、
楊萬里、范成大、陸游）
之一

　　黃河與五嶽，不僅是中華大地上的壯麗景觀，也是華夏民族的精神家園。「三萬里河東入海，五千仞岳上摩天。」這裏的「三萬里河」就是指黃河，而「五千仞岳」，有學者認為是東嶽泰山，也有學者認為指西嶽華山。但無論指的是泰山還是華山，都代表着中原的大好河山。

　　大好河山陷於敵手，當時的南宋統治者卻麻木不仁，實在令人憤懣！「遺民淚盡胡塵裏，南望王師又一年。」遙想中原，遺民該有多麼無奈和失望。內觀朝政，南宋小朝廷並沒有收復中原的決心和謀劃，陸游、辛棄疾這樣的抗戰派、愛國者，始終被輕視、打壓。

　　陸游活了八十多歲，在古人中是難得的高壽。終其一生，不論壯年仕宦還是暮年歸鄉，陸游一刻都沒有忘卻家國與使命。《秋夜將曉出籬門迎涼有感》，他感慨「遺民淚盡胡塵裏，南望王師又一年」；《十一月四日風雨大作》，他自忖「僵臥孤村不自哀，尚思為國戍輪台」；直到臨終《示兒》，他仍不忘告誡子孫：「王師北定中原日，家祭無忘告乃翁。」

　　終其漫長的一生，陸游見過黃河嗎？見過中原嗎？未必，因為他剛出生的時候北宋就已經滅亡，黃河泰山都陷入敵手。但是，終生不忘家國事，河山永在我夢裏。有此心志，一生無憾。

　　回望黃河，「黃河之水天上來」，它從雪域高原走來，流淌過綠草茵茵的「星宿海」，流經高原大湖扎陵湖與鄂陵湖；「九曲黃河萬里沙」，「萬里黃河繞黑山」，它營造了「塞上江南」，哺育了眾多古都；它穿越無數的峽谷和險灘，從黃土高原上沖刷下無數泥沙，滔天河水令壺口、龍門、潼關天下雄奇；終於，「三萬里河東入海」，它洶湧咆哮着奔向大海，入海口蘆葦叢生、水鳥翔集，大河與大海交匯融通……

長江

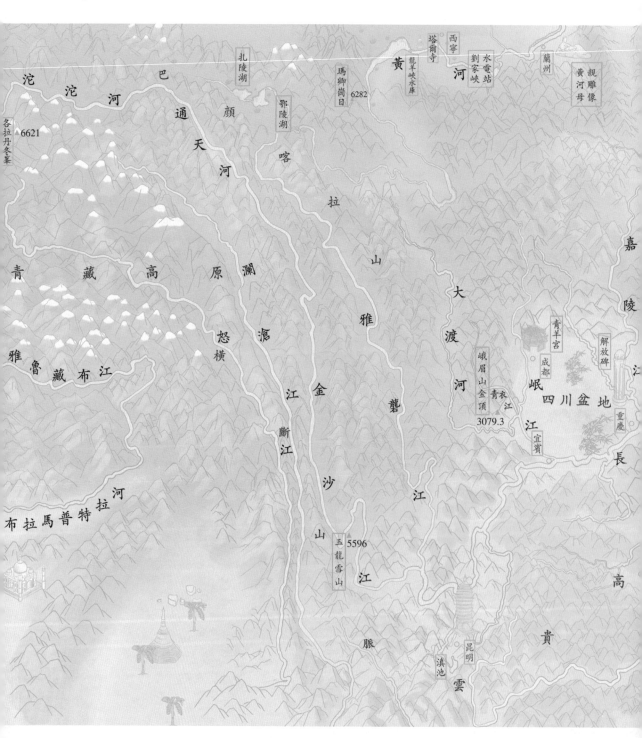

各拉丹冬案 6621

沱沱河

巴通天河

扎陵湖

鄂陵湖

瑪岬崗日 6282

西寧
塔爾寺

龍羊峽水庫
龍羊峽
劉家峽
水電站

黃河

蘭州

觀雕像
黃河母

顏原

喀拉山

雅礱江

大渡河

青羊宮
成都

解放碑

青藏高原

瀾滄江

金沙江

斷江

怒橫江

峨眉山金頂 3079.3
青衣江

岷江
宜賓

四川盆地

重慶

長江

嘉陵江

青

藏

雅魯藏布江

布拉馬普特拉河

玉龍雪山 5596

江

江

山

脈

昆明
滇池

雲

貴

高

河京
黃
杭

水電站
小浪底
鸛雀樓
鄭州
二七紀念塔

西安
華山
2154.9
函谷關
大雁塔
三門峽
丹江口水庫
水庫
3767

河

嶺
漢
江
淮
運
原
江

長江三角洲
河
昭君故里
大鐘樓
瓜洲
上海
東方明珠
神農頂
合肥
南京
鎮江
夫子廟
橫塘街巷
太湖
昭君故里
巢湖
金陵渡口
鐘山
奉節
永安宮
烏雲頂
3106.2
山
天門山
秦淮河
長干
西湖
杭州
白帝城
葛洲壩
宜昌
大
赤壁
武漢長江大橋
別
赤壁
山
下
游
長
瞿塘峽
巫峽
荊州
黃鶴樓
武漢
中
平
江
巫
西陵峽
荊門
西塞山
1473.4
盧山
湖口
鄱陽湖
滕王閣

沅
洞庭湖
岳陽樓
赤壁
南昌
武

江
湘
長沙
橘子洲頭
江
贛
江
夷

鎮海樓
福州
山

101
大廈
台北

嶺
中央
南
山

第二章　長江

　　在我們生活的這個星球上，完整擁有兩條世界級大河的國度屈指可數，中國就是其中之一。長江與黃河，是中華民族的母親河，它們共同塑造了世界上最為廣闊的「兩河流域」。

　　長江，發源於「世界屋脊」青藏高原，穿越中國三大地理階梯，浩浩蕩蕩匯入東海。長江的幹流長達 6300 餘千米，沿途接納了眾多支流與湖泊。不同的河段，有不同的名字：沱沱河、通天河、金沙江、川江、荊江、揚子江……中國人給長江起了這麼多名字，足見我們對它的親近和仰賴。

　　不盡長江滾滾來。從遠古時代起，中國人就在長江兩岸生生不息。在歷史的長河之中，無數中國詩人看見長江、感悟長江、歌詠長江，他們的詩作與江河一起萬古奔流。

峨眉山月歌

唐 李白

峨眉山月半輪秋，

影入平羌江水流。

夜發清溪向三峽，

思君不見下渝州。

 註釋

影：月光的影子。

發：出發。

地理卡片 — 長江

峨眉山、平羌江、清溪、三峽、渝州，詩中出現的這些地名，它們都在哪裏？

它們都位於長江上游巴蜀地區，即今天的四川省、重慶市一帶。峨眉山在今四川省境內，地勢陡峭、風景秀麗。平羌江即青衣江，流經峨眉山東北，是岷江的支流，而岷江是長江的支流。清溪指清溪驛，是唐代的一座驛站，在峨眉山附近。古人曾長期認為，長江的正源是岷江。以金沙江及其以上的河段為長江正源，還是後來的事情。三峽，即長江瞿塘峽、巫峽、西陵峽。唐代，渝州治所在巴縣，即今天的重慶市區。

長江水量充沛、航運便利，它的幹流與支流或湖泊的交匯處，往往會有大碼頭和大都會。比如，長江與嘉陵江交匯處的渝州，與漢江交匯處的鄂州（今湖北省武漢市），與洞庭湖交匯處的岳州（今湖南省岳陽市），與鄱陽湖交匯處的江州（今江西省九江市）等等，都是繁華的都市。

　　長江，中國長度最長、年徑流量最大的河流；李白，中國歷史上最有創造力、最具想象力的詩人之一。李白與長江密不可分，他在長江上游的川蜀度過了青少年時代，他一生中的很多時光也都在長江流域度過。李白熟悉長江兩岸的每一片土地，滔滔江水涵養了他的浪漫氣質。

　　《峨眉山月歌》是李白年輕時出蜀所作。這是對故鄉的告別，也是對新世界的憧憬；這是寫給友人的詩函，也是為世人設計的一條經典巴蜀旅行線路：

　　先去峨眉山，登上峨眉山金頂，白天觀賞佛光與雲海，晚上月下靜聽松濤；然後泛舟平羌江（青衣江），一路漂流到岷江。恰在盛唐時期，人們在平羌江、岷江和大渡河三江匯流處，依山開鑿了雄偉的樂山大佛。歷經千年，大佛依舊俯瞰江水與人間。

　　經過岷江清溪驛，順流而下到長江。滾滾長江東逝水，日夜奔流到渝州，這裏是長江與嘉陵江交匯處。早在千年之前，人們順江出川，已經習慣在渝州集結與轉運。渝州往東，水流更加湍急，長江漸漸進入三峽。

　　《峨眉山月歌》是徜徉長江上游的旅行，是少年李白的壯遊，是獨特而絢爛的盛唐氣象。甚麼是盛唐氣象？就是每一個人，尤其是每一個年輕人，都滿懷讀萬卷書、行萬里路的豪情壯志，對外面的世界充滿好奇，對自己的未來充滿信心。讓我們也跟着李白的步伐，去暢游長江！

早發白帝城

唐 李白

朝辭白帝彩雲間，
千里江陵一日還。
兩岸猿聲啼不住，
輕舟已過萬重山。

 註釋

發：啓程。
朝：早晨。
辭：告別。

「朝辭白帝彩雲間，千里江陵一日還。」白帝城和江陵在哪裏呢？

這兩個地方分別位於長江上游和中游，被長江三峽分隔開。白帝城位於上游，在今重慶市奉節縣東部的白帝山上，下臨長江三峽。東漢初年，公孫述築城於此。公孫述自號白帝，故以此為名。城居高山，地勢險要，三國時期為蜀漢防禦重鎮。吳蜀在夷陵大戰中，蜀帝劉備為東吳大將陸遜所敗，退居此城，後死於城西永安宮，臨終前向諸葛亮託孤。江陵即今湖北省荊州市，位於長江中游。

　　唐朝安史之亂期間，已經年過五旬的李白報國心切，一度投奔唐玄宗的兒子永王李璘。後來永王在政治鬥爭中失敗，李白也受到牽連。唐肅宗乾元二年（公元 759 年），李白被朝廷流放夜郎（今貴州省遵義市桐梓縣一帶）。

　　憂心忡忡的李白行到白帝城的時候，忽然收到被朝廷赦免的消息，驚喜交加，如釋重負。他隨即乘舟東下，準備穿越三峽前往江陵。於是，就有了這首輕鬆明快的詩作。

　　清晨，李白乘上一葉扁舟，回望高聳入雲的白帝城。此時的白帝城籠罩在朝霞之中。舟子解纜，三峽浪奔，小舟如梭似箭，穿越崇山峻嶺、重重險灘。兩岸猿啼不斷，李白掐指一算：看來，今天晚上就能到達江陵城。

　　「千里江陵一日還」，也許稍有誇張，但因為三峽水流湍急，船速確實很快。在李白之前，北魏酈道元就曾在地理名著《水經注》中寫道：「有時朝發白帝，暮到江陵，其間千二百里，雖乘奔御風，不以疾也。」

　　「兩岸猿聲啼不住，輕舟已過萬重山。」自古以來，就有三峽多猿的說法。有一首古老的民歌唱道：「巴東三峽巫峽長，猿鳴三聲淚沾裳！」當李白乘舟順江而下，這些猿猴或許很好奇，甚至在兩岸呼朋引伴，跟小船「賽跑」呢。

　　事實上，三峽急流險灘眾多，航船向來不易。順流而下固然迅疾，但也蘊含着很多凶險，稍有不慎就會連船帶人粉身碎骨。然而，李白當時心情輕鬆，感到一切皆是「輕舟已過萬重山」──這既是對旅程的寫照，更是對心境的寫照。

旅夜書懷

唐 杜甫

細草微風岸，危檣獨夜舟。

星垂平野闊，月湧大江流。

名豈文章著，官應老病休。

飄飄何所似，天地一沙鷗。

 註釋

危檣：高豎的桅杆。危，高。檣，船上掛風帆的桅杆。

地理卡片 · 長江

「星垂平野闊，月湧大江流。」你知道這指的是哪一段的大江嗎？

這是長江的三峽段。長江三峽是世界知名峽谷，它西起重慶奉節的白帝城，東至湖北宜昌的南津關，全長 193 千米，是世界最大的峽谷之一。三峽自西向東依次是瞿塘峽、巫峽和西陵峽，這一江段水流湍急，灘峽相間，兩岸是懸崖絕壁，沿途名勝古跡有白帝城、巫山十二峯等。峽谷東部的西陵峽峽段今建有三峽水利樞紐。

 詩人卡片

姓　　名：杜甫

生卒年：712—770 年

字　　號：字子美，號少陵
　　　　　野老

代表作：
《望嶽》《登高》《春望》《茅屋為秋風所破歌》「三吏」「三別」等

主要成就：
唐代偉大的現實主義詩人，與李白合稱「李杜」，被後人稱為「詩聖」，他的詩被稱為「詩史」

　　唐朝「安史之亂」爆發後，杜甫和家人流離失所，奔走四方。他曾在成都過了幾年安穩日子，後來又順長江而下，在三峽、荊楚一帶漂泊。身為百姓，杜甫是不幸的；而身為詩人，遇見長江是他的幸運。

　　唐永泰元年（公元 765 年），杜甫和家人來到渝州（今重慶市）、忠州（今重慶市忠縣）一帶。夜黑風高的夜晚，在三峽江面的一艘孤舟上，杜甫寫下了這首《旅夜書懷》。

　　深秋的冷風，吹動江岸的野草，帶着江水的寒意，不斷灌入船艙。杜甫無心睡眠，走出船艙，抬頭仰望，只見月明星稀。冷白的月光灑在江面上，依稀可見大江的湧動；北極星懸於天頂之上，那麼高，那麼遠，星光之下是草木茂盛、村落稀少的荒野。

　　江面愈大，愈顯得孤舟的渺小與旅人的孤單。天空飄來一隻沙鷗，降落在搖擺不定的江面上。它一會兒鳧水覓食，一會兒在江心沙洲上假寐。

　　「名豈文章著，官應老病休。」這兩句是反語，含蓄地表達了杜甫遠大政治抱負被壓抑的辛酸和無奈！那時候杜甫的聲名卻是因為文章而顯著，這實在不是他的心願。

　　此時的杜甫，既老且病，然而，再苦再難，他關注的始終不是小我，而是大濟蒼生、胸懷山河。家國情懷，這是杜甫詩歌的底色。

秋興八首（其一）

唐　杜甫

玉露凋傷楓樹林，巫山巫峽氣蕭森。

江間波浪兼天湧，塞上風雲接地陰。

叢菊兩開他日淚，孤舟一繫故園心。

寒衣處處催刀尺，白帝城高急暮砧。

 註釋

凋傷：使草木凋落衰敗。

蕭森：蕭瑟陰森。

寒衣：冬衣。

刀尺：製作衣服的器具。

砧：古代搗衣的石板。

地理卡片　長江

「巫山巫峽氣蕭森」，這幅迷人的景象在哪裏？

巫山巫峽，位於今重慶、湖北兩省市交界處，是長江三峽的一部分。巫山山脈的山勢曲折盤錯，形如「巫」字，故名。它北與大巴山相連，呈東北——西南走向，平均海拔 1000 米以上，主峯烏雲頂海拔 2441 米。長江穿流巫山，形成長江三峽之一的巫峽，為水路交通的天然孔道。著名的巫山十二峯並峙兩岸，以神女峯最為神奇、著名。

　　唐永泰元年（公元 765 年），杜甫乘船順長江而下，經過渝州、忠州，在當地寫下了《旅夜書懷》。此後，他繼續前行，來到夔州（今重慶市奉節縣），並在這裏定居了幾年。夔州，地跨瞿塘峽和巫峽。巫山巫峽，山高水急；巫山雲雨，風景奇絕。神女峯絕壁千尺，白帝城雄踞高台。自古以來，這裏就以雄奇壯麗的自然景觀著稱於世。

　　唐永泰二年（公元 766 年），又是一個深秋，杜甫登高遠望。遍山紅葉，楓林盡染，秋日的霜露彷彿給它們籠上了一層縹緲的白紗。雲蒸霧繞，高山深峽顯得蕭瑟而陰森。巫峽之中，長江波濤洶湧，風高浪急，青灰色的江水似乎與青灰色的天空融為一體。

　　杜甫一邊觀賞巫山巫峽的秋色，一邊思念自己的北方故園。杜甫成長於黃河流域，西京長安、東都洛陽始終是他的心靈家園。又是一個秋天，叢叢簇簇的菊花開遍山野；一艘孤舟繫泊在岸邊，起伏飄蕩。它，甚麼時候能夠載着我回到故鄉？

　　「寒衣處處催刀尺，白帝城高急暮砧。」一陣冷風吹過，身上的單衣已經難以禦寒。眼看冬天就要到來，老妻眯着昏花老眼，拿起剪刀和衣尺，縫製全家的寒衣。暮色降臨，白帝城內外處處響起乒乒乓乓的搗衣聲。杜甫的詩從來不缺人間煙火氣，杜甫的詩從來不只人間煙火氣。

　　那段日子裏，杜甫在巫山巫峽觸景生情，一氣呵成地創作出一組八首《秋興》，這是其中的第一首。「玉露凋傷楓樹林，巫山巫峽氣蕭森。」雄奇的巫山巫峽，不朽的千古詩聖，彷彿在互相唱和。

登 高

唐 杜甫

風急天高猿嘯哀，渚清沙白鳥飛回。

無邊落木蕭蕭下，不盡長江滾滾來。

萬里悲秋常作客，百年多病獨登台。

艱難苦恨繁霜鬢，潦倒新停濁酒杯。

 註釋

嘯　哀：指猿的叫聲淒厲。

渚：水中的小洲。

蕭　蕭：模擬草木飄落的聲音。

繁霜鬢：增多了白髮，如同鬢邊着霜雪。

潦　倒：衰頹，失意。

> **地理卡片 —— 長江**
>
> 「無邊落木蕭蕭下，不盡長江滾滾來。」杜甫這次又是在長江的甚麼河段？
>
> 答案是夔州夔峽。夔州是古地名，唐武德二年（公元 619 年），改信州為夔州，治所在今重慶市奉節縣境內，轄境相當於今奉節、巫溪、巫山、雲陽等地。夔州地跨三峽中的瞿塘峽和巫峽。其中，瞿塘峽又稱夔峽，是長江三峽的第一峽，西起重慶市奉節縣白帝城，東至重慶市巫山縣大溪，長約 8 千米，為三峽中最短、最窄而又最雄偉的峽谷，有「瞿塘天下雄」之稱。

詩說

　　杜甫的這首詩，被後人譽為「古今七言律第一」。其實，誰是「第一」並沒有絕對的答案，但這首《登高》被公認為達到了唐律的巔峯。

　　唐大歷二年（公元 767 年），杜甫依舊滯留在三峽夔州。深秋重陽，55 歲的他又來登高。聽！風在吼，猿在嘯；看！江鳥在飄搖。巍巍高山、漫漫原野，無邊無際生長着億萬棵樹木，秋冬朔風掃盡黃葉，亙古以來，這種景象從未改變；萬里長江大荒奔流，用千萬年的時光切斷大山，造成深峽，滾滾而來又滔滔東去。

　　當年，李白被朝廷赦免後從這裏經過，他說：「兩岸猿聲啼不住，輕舟已過萬重山。」如今，杜甫看到聽到的，則是「風急天高猿嘯哀，渚清沙白鳥飛回」。三峽的猿猴，彷彿總與最偉大的詩人心靈相通。同樣是人到晚年，杜甫沒有輕舟，也沒有李白那種否極泰來的輕快；他只有自己的兩隻腳板和一根破舊的手杖，他當時和後來的命運，沒有最糟，只有更糟。

　　詩中能夠看出杜甫當時的艱難，但更多的是「悲」和「壯」，合起來就是悲壯。「無邊落木蕭蕭下，不盡長江滾滾來。」這是杜甫的命運交響曲，由廣闊無邊的大自然來演奏。

　　「萬里悲秋常作客，百年多病獨登台。」在旁觀者的眼裏，這江岸高峽上獨坐的，不過是一個落魄的老者：兩鬢斑白、頭髮稀疏、一臉皺紋、滿面愁容、渾身是病。他自己恐怕都沒有意識到，這一次稀松平常、無人見證的「登台」，正是千古詩聖的「加冕禮」。

竹枝詞（選三首）

唐 劉禹錫

其二

山桃紅花滿上頭，蜀江春水拍山流。

花紅易衰似郎意，水流無限似儂愁。

其五

兩岸山花似雪開，家家春酒滿銀杯。

昭君坊中多女伴，永安宮外踏青來。

其九

山上層層桃李花，雲間煙火是人家。

銀釧金釵來負水，長刀短笠去燒畬。

 註釋

銀釧金釵：婦女們的裝飾。釧，鐲子；釵，頭上的簪子。

長刀短笠：男子勞動的裝備。

燒　畬：燒荒種田。

地理卡片 ── 長江

「昭君坊中多女伴，永安宮外踏青來。」這裏描述的是當時的熱門景點嗎？

　　沒錯。昭君故里和永安宮，都位於長江三峽一帶。昭君坊是紀念王昭君的場所。王昭君是西漢美女，昭君出塞的故事千古流傳。她的故鄉在秭歸（今湖北省宜昌市秭歸縣），位於三峽的西陵峽一帶。永安宮的故址在今重慶市奉節縣。公元222年，蜀主劉備自猇亭戰敗後，駐蹕白帝城，以此地為行宮，後卒於此。

　　劉禹錫曾經被貶官到巴蜀（今四川省、重慶市），荊楚（今湖北省、湖南省）一帶二十多年。雖然「官運」不濟，但作為詩人，劉禹錫有着意外的大收穫。

　　在夔州任地方官時，劉禹錫接觸到「竹枝詞」這種民歌，它清新質樸、生動活潑、朗朗上口、令人着迷。劉禹錫把「竹枝詞」融入自己的詩歌創作中，開創了一種新體裁。此後，人們常把描述風土人情的詩歌冠以「竹枝詞」的名字。

　　夔州，又是一年春天。幾場春雨過後，三峽兩岸的崇山峻嶺，好像變魔術一般，一夜之間山花爛漫、雪白粉紅，密密匝匝、層層疊疊，有桃花、李花、杏花、梨花、棠棣花、毛櫻桃……看到這些景象，劉禹錫詩如泉湧：「山桃紅花滿上頭」；「兩岸山花似雪開」；「山上層層桃李花」……

　　二月二、三月三、寒食與清明，人們湧出家門，相約看花踏青，「昭君坊中多女伴，永安宮外踏青來。」三峽是個有故事的地方：秭歸城裏，有王昭君的「娘娘廟」；白帝城中，有劉玄德的永安宮。廟裏宮外，男女老少，香火旺盛，民間藝人在說唱，小吃美食惹人饞。

　　年輕姑娘們結伴踏青，青春正年少，放聲唱歌謠：「花紅易衰似郎意，水流無限似儂愁。」別看歌詞這麼憂傷，她們唱起來其實很歡快，清亮的歌聲在山谷間久久回蕩。高峽之下，江水滾滾東流。

　　春到人間，鄉村春社隆重熱烈。「兩岸山花似雪開，家家春酒滿銀杯。」這一天，人們紛紛舉杯，祭祀土神，祈求豐收。「銀釧金釵來負水，長刀短笠去燒畬。」春耕春種開始啦，穿金戴銀的女人們並不嬌貴，她們撸起袖子挑水做飯，採桑養蠶；男人們則捲起褲腳，戴上斗笠，拿起鐮刀，燒田開荒，駕牛耕地。劉禹錫的《竹枝詞》充滿人間煙火氣息，好似一幅春耕農忙的風俗畫！

渡荊門送別

唐 李白

渡遠荊門外，來從楚國遊。

山隨平野盡，江入大荒流。

月下飛天鏡，雲生結海樓。

仍憐故鄉水，萬里送行舟。

 註釋

海　樓：海市蜃樓，這裏形容江上雲霞的美麗景象。

故鄉水：指從長江上游，也就是李白故鄉蜀地流來的長江水。

憐：憐愛，心愛。

地理卡片｜長江

「渡遠荊門外，來從楚國遊。」荊門在哪裏，它跟「楚國」是甚麼關係？

荊門是山名，取「荊楚門戶」的意思。荊門山位於今湖北省宜昌市宜都市西北，長江南岸，隔江與虎牙山對峙。從荊門逆流而上，就是三峽、巴蜀。

楚國是春秋戰國時期的古國，主體位於長江中游地區，今湖北省、湖南省一帶，後擴張到長江下游地區。

事實上，因楚國最早建國於荊山（在今湖北省西部），所以「荊楚」一詞經常連用，用來指稱古楚國之地。

　　李白二十多歲時，從他的故鄉蜀地出發，順長江而下，開始壯遊。一路行舟，一路作詩，對於遠大前程憧憬滿懷。他經過渝州（今重慶市），進入三峽；再衝出三峽，來到江漢平原。就這樣，李白從長江上游進入中游，也從中國地理的第二階梯進入第三階梯，視野豁然開朗，大江氣象一新。年輕的李白，對於看到的一切都感到新奇，於是寫下這首《渡荊門送別》。

　　荊門山，是古代荊楚地區的門戶，是連接長江上游與中游的樞紐。「山隨平野盡，江入大荒流。」從小見慣高山峻嶺的李白，只見大山隨着船尾漸漸消逝。

　　長江中游從今湖北省宜昌市宜都市枝城鎮到湖南省岳陽市城陵磯，又叫荊江。因為「山隨平野盡」，沒有了大山的阻隔，於是「江入大荒流」，荊江在無邊無際的原野上肆意流淌、任意東西，河道蜿蜒曲折，彷如九曲回腸。江水平緩，上游裏挾來的泥沙漸漸沉澱，於是形成了沙洲、蘆蕩、湖泊。

　　荊江串起江漢平原和洞庭湖平原，兩岸是物產豐富的魚米之鄉。與此同時，因為地勢低平、水量浩大、河道彎曲、支流眾多，加上夏季常有暴雨，長江之險也在荊江。自古以來，人們想了很多辦法來對付水患，比如修建堤壩，建設分洪蓄洪工程，還裁彎取直了不少河道。

　　夜色降臨，月光灑在寬闊的江面上，江水緩緩流淌。水中映照着一輪明月，彷彿天上的明鏡落入江中。水霧氤氳，縹縹緲緲，虛實之間，似有海市蜃樓，又如天上宮闕。這便是「月下飛天鏡，雲生結海樓」的意境。

　　「仍憐故鄉水，萬里送行舟。」這時候的青年詩人，對不斷遠去的故鄉仍有眷念，對未來有着大大的期待和小小的忐忑。不盡長江滾滾來，一葉扁舟輕帆捲。

念奴嬌·赤壁懷古

宋 蘇軾

大江東去，浪淘盡，千古風流人物。故壘西邊，人道是，三國周郎赤壁。亂石穿空，驚濤拍岸，捲起千堆雪。江山如畫，一時多少豪傑。

遙想公瑾當年，小喬初嫁了，雄姿英發。羽扇綸巾，談笑間，檣櫓灰飛煙滅。故國神遊，多情應笑我，早生華髮。人生如夢，一尊還酹江月。

 註釋

周　郎：指三國時吳國名將周瑜，字公瑾，少年得志，赤壁之戰中孫劉聯軍的主帥。

小　喬：周瑜的夫人。

羽扇綸巾：古代儒將的便裝打扮。羽扇，羽毛製成的扇子。綸巾，青絲製成的頭巾。

檣櫓：這裏代指曹操的水軍戰船。檣，掛帆的桅杆。櫓，一種搖船的槳。

一尊還酹江月：古人祭奠時，以酒澆在地上進行祭奠。這裏指灑酒酹月，寄託自己的感情。尊：通「樽」，酒杯。

地理卡片 | 長江

蘇軾這首詞中提到的赤壁，是三國時期赤壁大戰的地方嗎？

三國赤壁，指東漢末年孫劉聯軍大敗曹軍之處，有學者認為位於今湖北省赤壁市境內長江岸邊，又稱「武赤壁」。而蘇軾這首詞中所提到的赤壁，位於今湖北省黃岡市西北的長江江濱，又名赤鼻磯、「文赤壁」。此地山形截然如壁，而有赤色，故名。北宋時蘇軾遊此，誤以為是赤壁大戰所在地，作有前後《赤壁賦》和詞作《念奴嬌·赤壁懷古》等。

詩人卡片

姓　名：蘇軾

生卒年：1037—1101 年

字　號：字子瞻、和仲，號鐵冠道人、東坡居士，世稱蘇東坡、蘇仙

代表作：《水調歌頭·明月幾時有》《題西林壁》《和子由澠池懷舊》《飲湖上初晴後雨》《赤壁賦》《後赤壁賦》《記承天寺夜遊》等

主要成就：文為「唐宋八大家」之一；詞為豪放派主要代表；書法為「宋四家」之一，是宋代文學最高成就的代表。與父親蘇洵、弟弟蘇轍並稱「三蘇」

詩說

　　長江中游荊楚一帶，自古就是兵家必爭之地。這裏西可遏巴蜀，東可控吳越，北可通中原，南可轄瀟湘。東漢末年的赤壁大戰，就發生在這裏。想當年，曹操、劉備、孫權、周瑜、魯肅、諸葛亮……，多少英雄豪傑風雲際會、縱橫捭闔。

　　北宋時期，蘇軾被貶到黃州，當地人告訴他，長江邊有處地方，也許是赤壁古戰場，這就是「故壘西邊，人道是，三國周郎赤壁」。蘇東坡興致勃勃前往遊覽，並未加以嚴格考證，就已經詩興大發，一首流傳千古的《念奴嬌‧赤壁懷古》於是誕生。

　　在「赤壁」，蘇東坡看到了很多：大江東去，浩浩湯湯。江岸有巨大的石塊，被江流沖刷了千萬年，已經是千瘡百孔，這就是時間的力量。水激亂石，濺起一人多高的大浪，層層疊疊，永無止歇，如大雪紛飛，又如萬壑驚雷。這正是：「亂石穿空，驚濤拍岸，捲起千堆雪！」

　　水邊有很多光滑的鵝卵石，如果仔細尋找，人們會在石頭縫隙中間，發現一些生鏽的折戟和矛頭。唐朝時，杜牧在《赤壁》一詩中就曾寫道：「折戟沉沙鐵未銷，自將磨洗認前朝。」

　　在看到了很多的同時，蘇東坡也想到了很多。「遙想公瑾當年」——周瑜當年只有三十來歲，就已經指揮千軍萬馬，把曹操的軍隊打得灰飛煙滅。這還不算，年輕瀟灑的周公瑾，家裏還有美貌如花的夫人小喬。

　　再看看自己：如今已過不惑之年，頭髮花白，卻依然一事無成。蘇東坡大發感慨：「故國神遊，多情應笑我，早生華髮。」奈何，奈何，不如飲酒賞月！

　　蘇軾搞錯了赤壁大戰的確切地點，也許是因為馬馬虎虎、將錯就錯。不過，這有甚麼關係呢？在黃州赤壁，他不僅寫了這首《念奴嬌‧赤壁懷古》，還寫出了前、後兩篇《赤壁賦》，篇篇精彩絕倫、流傳千古。沒有「武赤壁」，流傳千古的三國故事將何處安放？沒有「文赤壁」，東坡居士的曠古天才將何處安放？

臨江仙

明 楊慎

滾滾長江東逝水，浪花淘盡英雄。是非成敗轉頭空。青山依舊在，幾度夕陽紅。

白髮漁樵江渚上，慣看秋月春風。一壺濁酒喜相逢。古今多少事，都付笑談中。

 註釋

幾　度：虛指，幾次、好幾次。

渚：水中的小塊陸地，沙洲。

秋月春風：指良辰美景，也指美好的歲月。

地理卡片 ● 長江

「滾滾長江東逝水」，長江到底有多少水？

長江不僅是中國最長的河流，也是中國水量最豐富的河流。長江流域年平均水資源量約為一萬億立方米，約佔全國總量的 37%，是黃河的十幾倍。在世界上，長江流域的年平均水資源量也僅次於地處熱帶雨林帶的南美洲亞馬孫河和非洲剛果河，位居第三位。因為水量豐沛，長江的生態、灌溉、航運、發電等資源和功能都非常強大。

 詩人卡片

姓　名：楊慎

生卒年：1488—1559 年

字　號：字用修，號升庵

代表作：

《宿金沙江》《海風行》《夜宿廬山》等

主要成就：

明代著名文學家，明代三才子（楊慎、解縉、徐渭）之首

　　這首《臨江仙》，中國人應該都不陌生。翻開古典名著《三國演義》，篇首就是這首詞。《三國演義》初成於元末明初，而《臨江仙》的作者楊慎生活在明朝中後期。所以，這首詞應該是後人給加進《三國演義》裏面去的。不得不說，加得渾然天成、畫龍點睛，區區幾十個字，足以統帥幾十萬字的巨著。

　　「滾滾長江東逝水，浪花淘盡英雄。」有沒有似曾相識的感覺？彷彿能看到杜甫的「不盡長江滾滾來」，能看到蘇軾的「大江東去，浪淘盡，千古風流人物」。站在巨人的肩膀上但又自成一體，這就是一個創作者的過人之處。

　　不到百年的三國時期，是中國歷史上十分精彩絢爛的篇章。赤壁大戰奠定鼎立基礎；關羽水淹七軍威震曹營；呂蒙溯江而上襲取荊州；孫劉夷陵大戰綿延百里；劉備白帝城託孤於諸葛亮……，這些故事，都發生在長江之上。回顧歷史，「是非成敗轉頭空」，人世滄桑、變化無常，不變的只有大地山河。青山依舊在，幾度夕陽紅。

　　為甚麼這麼多三國故事，都發生在長江之上？「滾滾長江東逝水」是關鍵詞。長江水量豐沛，只有在長江上，曹操的艨艟巨艦才能鐵索相連，諸葛亮的借箭草船才能來去自如，周瑜的引火小船才有用武之地。其他江河，無法成為這樣縱橫捭闔的歷史舞台。

　　長江是一條長河，歷史也是一條長河。在歷史長河的奔騰激蕩中，甚麼才是生命永恆的價值？也許，擺脫是非成敗的糾纏，保持一份高潔與曠達的情操，寄情山水，與秋月春風為伴，才能獲得真正的自在。來來來，擺上一壺酒，擺起「龍門陣」，把歷史的傳奇一說再說。說到會心處，也許拊掌大笑，也許噙幾滴淚。

西塞山懷古

唐 劉禹錫

王濬樓船下益州，金陵王氣黯然收。
千尋鐵鎖沉江底，一片降幡出石頭。
人世幾回傷往事，山形依舊枕寒流。
今逢四海為家日，故壘蕭蕭蘆荻秋。

 註釋

王濬：西晉滅吳的主要將領，曾任益州刺史。
尋：古代的長度單位，八尺為一尋。
降幡：投降的旗幟。
蘆荻：蘆葦，又叫蒹葭。

地理卡片 — 長江

益州、西塞山、金陵，它們都在甚麼地方，跟長江有甚麼關係？

說來也巧，它們分佈得很「均勻」，分別位於長江上游、中游和下游。益州位於長江上游，即今四川省一帶，治所在今四川省成都市；西塞山位於長江中游，在今湖北省黃石市境內，山體突出到長江中，因而形成長江彎道，站在山頂猶如身臨江中；金陵，又叫「石頭城」，就是今天的江蘇省南京市，地處長江下游，為東吳等六朝的古都。

　　長江是一條有故事的大江，劉禹錫的這首詠史詩，講述了三國末年西晉滅東吳的故事，充滿了歷史的蒼涼感。

　　西晉太康元年（公元 280 年），晉武帝司馬炎派大將軍王濬，率領浩浩蕩蕩的戰船，順江而下，直取東吳都城建業。建業，就是詩中的「金陵」、「石頭」，今天的江蘇省南京市。吳國自忖招架不住，想了個昏着兒：在大江上佈置大鐵鏈，權當設個路障。誰知，王濬的軍隊三下五除二鑿沉鐵鏈。吳主孫皓只好在金陵城頭乖乖打出白旗。這就是：「王濬樓船下益州，金陵王氣黯然收。千尋鐵鎖沉江底，一片降幡出石頭。」

　　深秋時節的一個黃昏，劉禹錫來到長江岸邊的西塞山古跡。這裏曾是一處江防要塞，當年王濬的船隊就曾經過此地。大江兩岸的荒灘濕地，只見無邊無際、高出人頭的蘆葦蕩。斜陽之下，蘆葦金黃、蘆花雪白。江風吹來，蘆葦颯颯作響。

　　遙想當年，王濬船隊遮天蔽日而下，帝王將相無不在棋局之中。大江還是那樣奔湧，西塞山依然冷峻，古往今來多少人與事，在大自然的眼裏，也許就像《莊子》中所描述的「蠻觸相爭」，不過是在兩隻蝸牛角裏爭鬥罷了。想到這裏，劉禹錫不禁感歎：「人世幾回傷往事，山形依舊枕寒流！」

望天門山

唐 李白

天門中斷楚江開，
碧水東流至此回。
兩岸青山相對出，
孤帆一片日邊來。

 註釋

中斷：江水從中間隔斷兩山。

回：回旋，回轉。

出：突出，出現。

「天門中斷楚江開」，天門在甚麼地方，它跟「楚」有甚麼關係呢？

天門山位於長江下游，在今安徽省馬鞍山市的當塗縣與和縣之間。天門山聳立於長江兩岸，為東梁山和西梁山的合稱。兩山相對如門，故名。天門山峭壁懸崖，自古為江防要地。長江下游地區在古代曾屬楚國，所以這一帶的長江又稱「楚江」。

　　長江接納鄱陽湖後，從今江西湖口開始，就進入下游。下游地區基本都是平原，長江幾乎毫無遮攔。然而，到了安徽馬鞍山一帶，長江遇到了兩座隔江對峙的山峯——東梁山、西梁山。兩山合稱天門山，好像兩扇天造地設的大門，又似兩扇巨大的船閘，夾江聳立。

　　「天門中斷楚江開，碧水東流至此回。」碧綠的江水從此流過，因為山石的約束，捲起巨大的漩渦，駛過的船隻顛簸搖晃，甚至會迴旋不前，讓人驚出一身冷汗。

　　天門山不僅約束了江流，還折彎了長江的流向，江流由從東去轉而北上，過了金陵（南京）才再次折向東南。於是，古人把這段江面的東岸，稱作「江東」。李清照在《夏日絕句》中寫道：「至今思項羽，不肯過江東。」當年項羽自刎的烏江渡，就在天門山附近。

　　「兩岸青山相對出，孤帆一片日邊來。」這一句，令人聯想到李白在長江中游黃鶴樓上曾寫下的那一句：「孤帆遠影碧空盡，惟見長江天際流。」他是多麼喜歡「孤帆」的感覺啊！也只有淼淼浩蕩的長江，能夠營造出「孤帆」的意境。太陽在東，一葉孤舟逆流而上，目光所及，就是攝影中逆光的效果，只見帆船的輪廓，還有日光透過白帆的斑駁光影。

　　天門山一帶的江面，古時叫做「橫江浦」。橫江之上有時風平浪靜，有時風高浪急。在這裏，李白不僅寫過《望天門山》，還曾寫過一組《橫江詞》，其中有「一風三日吹倒山，白浪高於瓦官閣」之語。這被大風「吹倒」的山，就是天門山。大風、大浪與大山時時刻刻碰撞搏擊，這就是大自然的洪荒偉力！

長干曲

唐 崔顥

君家何處住，妾住在橫塘。

停船暫借問，或恐是同鄉。

家臨九江水，來去九江側。

同是長干人，生小不相識。

 註釋

長干曲：樂府曲名。

君：古代對男子的尊稱。

妾：古代女子自稱的謙辭。

九 江：此處泛指長江下游。

地理卡片

——長江

長干、橫塘在甚麼地方？

它們都是古建康（今江蘇省南京市）的地名。長干是六朝時期的建康里巷。當時建康南五里秦淮河兩岸有山岡，其間平地，為吏民雜居之地。江東稱山隴之間為「干」，長干因此得名。大長干巷在今南京中華門外，小長干巷在今南京鳳凰台，巷西通長江。橫塘是古堤塘名，三國時期，吳國築於建業（今南京）城南秦淮河南岸。

詩人卡片

姓　名：崔顥
生卒年：？—754 年
字　號：不詳
代表作：
《黃鶴樓》《遼西作》等
主要成就：
唐代著名詩人

　　《長干曲》，又叫《長干行》，本是南朝樂府民歌，多是男女青年對唱的情歌。後人根據這些民歌曲調，創作了很多膾炙人口、清新質樸的詩歌。崔顥的《長干曲》一共有四首，這裏選取的是流傳尤為廣泛的前兩首。

　　南朝的都城在建康。建康位於長江南岸，秦淮河穿城而過，周邊山巒起伏。南朝定都於此，使得這裏的生產生活和商業活動迅速走向繁榮。其中，位於建康城南的長干、橫塘一帶臨河通江，居民眾多，尤為繁盛。

　　靠江吃江，人們在江上打魚、採蓮、擺渡，終日駕着船兒來往穿梭。風和日麗的一天，兩條小船擦肩而過，為了互相避讓，搖船的人都停下了槳。

　　搖着船兒的姑娘頭裏巾幗、身穿襦裙，面色紅潤、身姿矯捷。姑娘愛笑愛說話。她大大方方地行了一個禮，向着對面船兒問道：「大哥你家住哪裏？我家就住在這附近的橫塘。我們呀，說不定是同鄉呢！」

　　另一艘船兒上，搖船的小伙子面色有些黝黑，身材結實、動作矯健。他的耳根略微紅了紅，直起了身子，作揖回禮。船兒晃蕩，他卻能紋絲不動。小伙子朗聲答道：「我家就住在這大江岸邊，我每天就在這大江上下來來往往。我們雖然都是長干人，打小卻不認識呢。不過沒關係，我們今天就算認識啦！」

　　長干橫塘，舟楫往來，大江上下，浪奔浪湧，這樣的場景幾乎每天都在發生。姑娘與少年，也許今後沒有再遇見，相忘於江湖之上；也許他們之間有一段奇緣，延續着長干與橫塘的人間喜劇。

卜算子

宋 李之儀

我住長江頭，君住長江尾。日日思君不
見君，共飲長江水。

此水幾時休，此恨何時已。只願君心似
我心，定不負相思意。

 註釋

已：完結，停止。

長江頭和長江尾分別在哪裏？長江的上、中、
下游又是怎麼劃分的？

　　現代科考和研究一般認為，長江發源於青藏高
原唐古拉山脈各拉丹冬峯。從源頭到今湖北省宜昌
市以上為長江上游段，長 4504 千米，海拔高落差
大，水急灘多，有著名的長江三峽。從宜昌至江西
省九江市湖口縣為中游段，長 955 千米，曲流發
達，流域內多湖泊，如洞庭湖、鄱陽湖等。湖口以
下至入海口（上海市崇明區）為下游段，長 938 千
米，江寬水深，入海口多沖積島嶼。

　　河流上、中、下游的劃分，並不是簡單地將它
的長度三等分，而是根據各個河段的水文特徵和流
經地區的地理特徵來劃分的。

地理卡片 ── 長江

 詩人卡片

姓　　名：李之儀
生卒年：不詳
字　　號：字端叔，號姑溪
　　　　　居士
代表作：
《卜算子》《姑溪居士前
集》《姑溪詞》等
主要成就：
以尺牘擅名，亦能詩

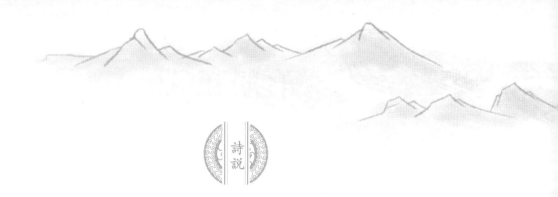

李之儀是蘇軾的門下弟子。這首詞是李之儀被貶謫到太平州，遭遇親人亡故後所作，情真意切，哀婉纏綿。太平州位於長江下游南岸，治所在今安徽省馬鞍山市當塗縣境內。前面講到的天門山、橫江浦等地，都在太平州境內或附近。

一首《卜算子》，道出分離的苦楚與無盡的思念：我住在大江之上、巴山蜀水，我思念的人兒住在大江之下、吳頭楚尾。兩人為何相隔千里萬里？也許郎君是一個在大江上下跑生意的商賈，也許是一個宦遊萬里的讀書人。他們之間是甚麼關係？也許是青梅竹馬的意中人，也許是新婚宴爾的小夫妻。

天天想念你，卻終日見不到你。唯一可以慰藉的是我們依然同飲一江水。江水悠悠，沒有一刻可以停歇，我的思念也像這江水奔湧向前，無法停歇。但願郎君你平安，努力加餐飯；但願郎君你跟我，永結同心不改變。

古代有很多優美的詩詞，都是借用小女子的口吻或身世，來講述長江上悲歡離合的故事。南朝樂府《西洲曲》，李白的《長干行》，白居易的《琵琶行》，還有李之儀的這首《卜算子》，皆是如此。萬里長江，千百年來，發生過多少催人淚下的故事，賦予了中國人多少藝術靈感啊！

泊船瓜洲

宋 王安石

京口瓜洲一水間，

鍾山只隔數重山。

春風又綠江南岸，

明月何時照我還？

 註釋

泊船：停船。泊：停泊，指停泊靠岸。

綠：形容詞作動詞，吹綠，拂綠。

還：回。

詩人卡片

姓　名：王安石
生卒年：1021—1086 年
字　號：字介甫，號半山
代表作：
《讀孟嘗君傳》《桂枝香‧金陵懷古》《登飛來峯》等
主要成就：
北宋著名改革家、思想家、文學家，「唐宋八大家」之一

地理卡片 ── 長江

京口、瓜洲、鍾山、江南……這些地方在哪裏呢？

詩中提到的這些地方，都位於長江下游。京口是古城名，在今江蘇省鎮江市，位於長江南岸，是長江下游軍事重鎮和通往北方的門戶。瓜洲又名瓜州、瓜埠洲，在長江北岸，揚州市南郊，原為江中沙洲，因形似瓜而得名。瓜洲是古渡口，也大運河入長江處，為水運交通要衝，與京口隔江斜對。鍾山在今江蘇省南京市東部，多紫紅色砂頁岩、石英礫岩、石英岩。陽光照映下，此山遠望呈紫金色，所以又叫紫金山。山勢險峻，蜿蜒如龍，海拔448.2 米，是寧鎮山脈的最高峯。

「春風又綠江南岸」這一句的第四個字，據說王安石改了很多遍，「吹」啊，「拂」啊，「過」啊，統統不滿意。最後，他靈光乍現，定了一個「綠」字。這個「綠」字，實在用得好，好就好在形象生動，畫面感油然而生。從語法角度看，這叫形容詞作動詞用。

寫作這首詩的時候，王安石住在江寧（今江蘇省南京市）。當時，他接到朝廷旨令，要北上東京開封府領受新的官職和任務。古人的長距離交通，主要依靠水路。於是，王安石從江寧登舟，順長江而下。大江南岸，是綿延不斷的寧鎮山脈，主峯鍾山龍盤虎踞。春日陽光下，山岩閃耀出紫金色；山上樹木葱蘢，一抹綠意籠在枝頭。正是早春，王安石一路觀景，一路感慨：春風又綠江南岸！

來到京口金陵渡，這是一個大渡口，地處長江南岸。長江對面，則是另一個著名的大渡口瓜洲。王安石在京口渡過長江，泊船瓜洲稍做歇息。此後，船兒將沿着大運河一路北上，途徑邗溝、淮水和汴河，直達東京開封府。

今天，「京口瓜洲一水間」不再是天塹，大江南北已經架起了雄偉的長江大橋。今天，從重慶、武漢、南京到上海，長江上下更是架起了上百座雄偉的大橋。大橋飛架，趕時間的人們不再需要渡口。從前慢，現在快。慢的時候，人們有時間、有感覺寫詩；快的年代，你還能體會到「春風又綠江南岸」的意境嗎？

題金陵渡

唐　張祜

金陵津渡小山樓，
一宿行人自可愁。
潮落夜江斜月裏，
兩三星火是瓜州。

 註釋

津：渡口。

宿：過夜。

斜月：下半夜偏西的月亮。

地理卡片　長江

讀了這首詩，你也許會有好幾個問題。

第一個問題，金陵渡跟金陵（南京）有關係嗎？事實上，金陵渡位於長江南岸，在今江蘇省鎮江市附近。這個渡口距離金陵比較近，但並不在金陵。

第二個問題，「瓜州」跟《泊船瓜洲》裏的「瓜洲」是同一個地方嗎？在唐宋時期，曾有不止一個地方叫瓜州。比較有名的有兩處：一處在河西走廊，今甘肅敦煌境內；一處是本詩中的瓜州，跟瓜洲是同一個地方。瓜州（瓜洲）是長江北岸的大渡口，與金陵渡隔江相對，當時是南北水運的交通要衝。

 詩人卡片

姓　名：張祜
生卒年：不詳
字　號：字承吉
代表作：
《題金陵渡》《送蘇紹之歸嶺南》等
主要成就：
唐代詩人，以宮詞著名

　　長江從雪域高原走來，到了金陵渡、瓜州（瓜洲）一帶，已經走了一萬多里。這裏的江面寬闊得令人難以想象，如果天氣好，從這一邊望向那一邊，可以隱隱約約看到一條細線，那是對面的江岸。很多時候，由於水汽過於豐沛，你並不能看到對岸。在全世界範圍內，也沒有幾條河流，能有如此寬闊的水面。即使有，像亞馬孫河、密西西比河，千年之前它們基本還是蠻荒之地，不會有川流不息的行船。

　　金陵渡，是一座異常繁忙的水陸大碼頭。在長江上來往的船隻，從巴蜀、荊楚到東吳；在運河上來往的船隻，從江南到中原、河北；還有長江、運河轉運的船隻，都要經過金陵渡。因為地處水運交通的十字路口，這裏人來人往，港灣裏桅杆鱗次櫛比，市集上酒樓客棧林立。商旅、官員、學子、僧道經過此地，大多要打尖住宿一晚。

　　夜幕降臨，詩人打開小山樓客房的窗戶，一陣冷風猛地灌進來，江海大潮彷彿就在耳邊湧動。唐宋時期，金陵渡距離長江入海口並不遠，加之江面廣闊，大海的潮汐可直上此處，江海同頻共振，真是一派壯觀的景致。空中一彎斜月，月光也在江面上躍動；江面幾點星火，對面影影綽綽是瓜州。

　　渡口往往寓意着天涯孤旅，意味着風雨兼程。難怪詩人們到了這個地方，總會有很多的離愁別緒。除了張祜的「金陵津渡小山樓，一宿行人自可愁。」，你還可以讀到白居易的「汴水流、泗水流，流到瓜州古渡頭」；王灣的「海日生殘夜，江春入舊年。鄉書何處達？歸雁洛陽邊」；王安石的「春風又綠江南岸，明月何時照我還」……

憶江南（其一）

唐 白居易

江南好，風景舊曾諳。
日出江花紅勝火，春來江水綠如藍。
能不憶江南？

 註釋

憶江南：唐教坊曲名。

諳：熟悉。

藍：藍草，可製青綠染料。

姓　名：白居易
生卒年：772—846 年
字　號：字樂天，號香山
　　　　居士，又號醉吟
　　　　先生
代表作：
《長恨歌》《賣炭翁》《琵琶
行》等
主要成就：
新樂府運動主要倡導者，
唐代偉大的現實主義詩人

地理卡片 ▪ 長江

江南，就是指長江以南嗎？

答案可沒有那麼簡單。在不同時期，「江南」的含義各有不同。春秋、戰國和秦漢時期，江南指今湖北省的長江以南地區和湖南、江西一帶，主要在長江中游。唐朝設江南道，管轄今長江中下游的長江以南地區，後分為東、西二道並增設黔中道。後來，江南漸漸專指長江三角洲、太湖平原，即今蘇南、浙北一帶。

在中國人的心目中，江南始終是個令人魂牽夢繞的地方。是甚麼塑造了江南？是長江。長江進入下游地區，帶來了豐沛的水量、巨量的泥沙，泥沙沖積形成了肥沃的長江三角洲。江南四季分明、風光秀麗，稻花飄香、魚蝦滿塘。

江南是水鄉，而放眼全球，與中國江南同緯度的其他地區，很多是沙漠地帶。這又要說到長江的發源地——青藏高原，因為有它作為屏障，中國東部地區的大氣環流等都發生了變化，東南季風盛行。種種因素疊加，塑造了美好的江南。

白居易年輕時曾在江南求學生活，進入仕途後也曾先後在號稱「天堂」的杭州、蘇州擔任刺史。晚年退居洛陽之後，回憶起江南，滿滿的都是美好回憶，於是一口氣作了三首《憶江南》，這是其中第一首。另外兩首，分別描繪的是杭州和蘇州，它們是江南「天堂」的代表。

春日的江南，尤其令人心醉。「日出江花紅勝火，春來江水綠如藍」，看到這一句，你會感覺自己就站在船頭，於大江之上順流而下，正逢朝日噴薄。江岸花草，盡染朝暉。此時，你也會不禁感慨：如此壯闊的一條大江，居然能夠澄淨如斯！

江水綠如藍！「藍」，是一種青綠色的植物染料，江南的藍印花布，正是用它染印而成。詩人眼中、筆下的江南春景，春意盎然，鮮豔奪目。

江南，是天賜中國的一塊寶地；江南，是中國人心目中一切美好的代名詞。江南好，能不憶江南？

中國自然景觀

天山山脈

庫車　輪台

樓蘭故城　玉門關　祁　酒泉　嘎順淖爾　蘇泊淖爾

陽關　連　山　焉支山　陰

青海湖

靈武　六盤山　咸陽　西安

隴西　秦

　東部季風區
　西北乾旱半乾旱區
　青藏高寒區
──三大自然區界

註：本圖選取標註的符號和名稱與書中所述內容對應。

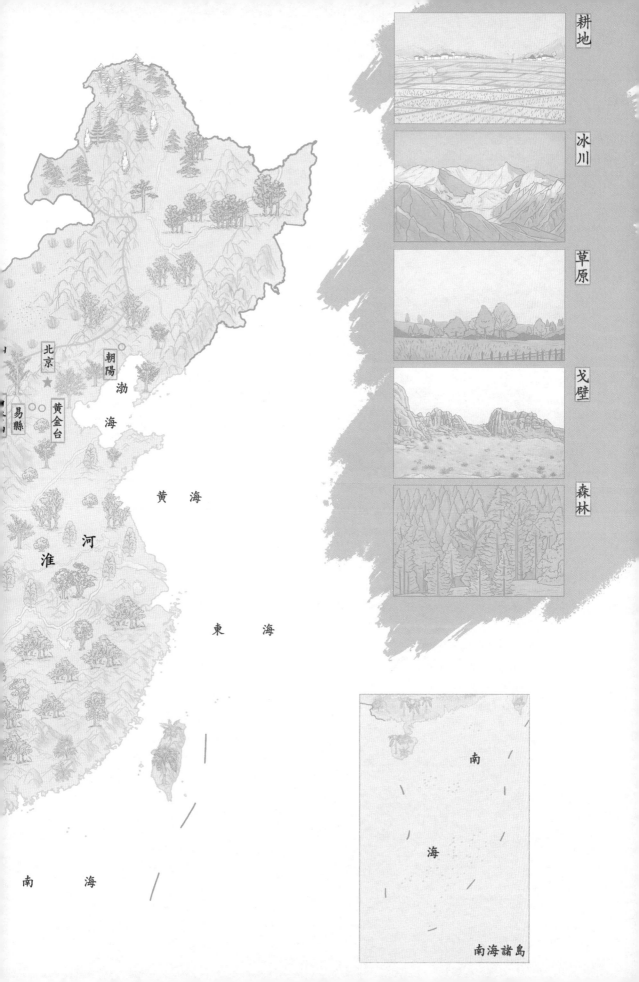

耕地

冰川

草原

戈壁

森林

北京

朝陽

渤海

黃金台

易縣

黃海

河

淮

東海

南海

南海

南海諸島

第三章　大地

　　中國，地大物博。中國地理元素的多樣性，在
世界上也是罕見的。若論地形，中國有高原、山地、
丘陵、盆地和平原；若論地表覆蓋，中國有林地、
灌叢、草地、濕地、農田、冰雪、裸地和水體等眾
多類型。中國南北跨度很大，主要位於北溫帶，但
也不乏千里冰封和驕陽似火的地帶；中國東西相隔
遙遠，當烏蘇里江畔迎來第一抹朝陽，帕米爾高原
上依舊滿天星斗。

　　在千萬年的歷史長河中，人們在這片大地上生
生不息、來往縱橫，有人汗滴禾下土，有人逐水草
而居。他們用眼睛見識最壯美的風景，他們用心靈
寫下不可磨滅的詩篇。

營州歌

唐　高適

營州少年厭原野，

狐裘蒙茸獵城下。

虜酒千鐘不醉人，

胡兒十歲能騎馬。

 註釋

厭：同「饜」，飽。這裏作飽經、習慣於之意。

狐裘：用狐狸皮毛製作的珍貴大衣，毛向外。

蒙茸：裘毛紛亂的樣子。

虜酒：指營州當地出產的酒。

胡兒：指居住在營州一帶的奚、契丹少年。

「營州少年厭原野」，這營州的原野在甚麼地方？

營州是東北地區的古地名，北魏時期設立，治所在今遼寧省朝陽市，其轄境相當於今天的遼寧大凌河和小凌河流域、六股河流域和女兒河流域一帶。唐代，營州為邊塞，漢人與奚人、契丹人長期雜居於此。

營州歷來為東北重鎮，隋唐時期，營州還是北方草原絲綢之路和遼西走廊的交會之所。遼西走廊是位於遼寧省西南部渤海遼東灣沿岸的一條狹長平原，東臨遼東灣，西依遼西丘陵，將東北平原和華北平原兩大平原聯繫起來，自古就是我國東北地區與黃河中下游地區交通往來的捷徑。

詩人卡片

姓　名：高適
生卒年：704—765 年
字　號：字達夫
代表作：
《燕歌行》《薊門行五首》
《自薊北歸》《薊中作》等
主要成就：
唐代著名邊塞詩人，與岑參、王昌齡、王之渙合稱「邊塞四詩人」

詩說

在中國的東北方向，有一條遼西走廊，位於山海之間；在中國的西北方向，有一條河西走廊，位於雪山大漠之間。這兩條走廊，就像一個人伸開的兩隻臂膀。在歷史上，凡是把這兩條走廊經營好的朝代，運勢都不會太差；凡是沒有經營好的，就像胳膊被捆綁住，憋屈得很。

這首《營州歌》，描寫的是遼西走廊與東北地區。在很長一段時間裏，這裏是漢民族與各個遊牧、漁獵民族的雜居之地。在古代，人們常用「遼海」、「遼東」、「遼西」等字眼來指稱這片土地。比如，李賀《南園十三首‧其六》中的「不見年年遼海上，文章何處哭秋風」，金昌緒《春怨》（伊州歌）中的「打起黃鶯兒，莫教枝上啼。啼時驚妾夢，不得到遼西。」

不過，上面這些詩作的作者，未必真的去過「遼海」，往往把「遼海」想象得遙遙而淒涼。邊塞詩人高適跟他們不一樣。高適早年曾在東北生活和戰鬥過，他很熟悉這片土地，對這片土地上的人們也更加了解和親近。說起他們，就像說起身邊人、老朋友。

營州是一座軍事重鎮。因為尚武環境的影響，營州「胡兒」們個個都是「戰鬥民族」。他們平時不讀書，只練武，整天騎馬撒鷹攆兔子。

作為中國緯度較高的地區，東北的冷，自古以來就令人印象深刻。冬日，氣溫在零下幾十攝氏度，營州胡兒不怕。任你漫天飛雪，我有裘皮大衣！衣領子、皮帽子、耳捂子、皮靴子上翻出白白細細柔柔的絨毛，摸上去肯定很舒服。天氣太冷，必須喝酒取暖。「胡兒」們有一樣本事，就是千杯不醉。在歷朝歷代邊塞詩中，這樣熱情描摹各族人民生活習尚的作品，着實不多。這些營州的少年和「胡兒」，今後或許會成為唐人戰場上的對手。但是在這首詩裏，他們的形象並不猥瑣可憎，而是活潑可愛的。這，就是盛唐的氣度和胸襟。

敕勒歌

南北朝

敕勒川，陰山下，

天似穹廬，籠蓋四野。

天蒼蒼，野茫茫，

風吹草低見牛羊。

 註釋

穹廬： 用氈布搭成的帳篷，即蒙古包。

四野： 草原的四面八方。

蒼蒼： 青色。

茫茫： 遼闊無邊的樣子。

見： 同「現」，顯露。

地理卡片 — 大地

「敕勒」是甚麼意思？敕勒川和陰山在甚麼地方？

　　敕勒是南北朝時期北方遊牧部族名，他們居住的地方叫敕勒川，大致位於今內蒙古河套平原一帶。陰山山脈在今內蒙古自治區中部，呈東西走向，山脈長約 1200 千米，海拔 1500~2000 米。南側斷層陷落為河套平原。山脈南坡陡峻高聳，北坡較為平緩。山南為農業區，山北為牧業區，山區則為農牧林交錯地區。

詩說

　　在廣袤的亞洲大陸中部，今天中國的正北方，有一片遼闊的草原。草原上豐美的牧草養育了無數的牛羊；肥壯的牛羊養育了健碩的草原兒女。自古以來，這裏就是遊牧民族的家園。千百年來，這裏誕生了匈奴、鮮卑、柔然、突厥、回鶻、蒙古等諸多馬背民族。

　　《敕勒歌》是中國南北朝時期的北方民歌。當時統治中國北方黃河流域的是北魏，它是鮮卑民族從草原南下中原建立的王朝。而此時的草原之上，生活着一個叫做「敕勒」的部族。敕勒人擅長打造大車，所以這個部族也叫「高車」。大車載着拆卸的帳篷，由一排大牛牽動着，在草原上逐水草而動。

　　蒼天，永遠是那麼湛藍、澄淨。自古以來，草原民族就崇拜蒼天，把它叫做「騰格里」、「長生天」。四周茫茫，這圓圓的天就像圓圓的氈布帳篷頂。牛羊是那麼溫順，低頭大口大口地啃吃牧草，耳朵不時撲扇兩下。

　　《敕勒歌》，傳唱千年的草原民歌，語言渾樸自然，氣象蒼莽遼闊，它描繪的草原風貌圖充滿勃勃生機。學者們認為，這首民歌的價值不僅僅限於文學層面，它還是南北詩風以及民族文化融合的典型案例。

雁門太守行

唐 李賀

黑雲壓城城欲摧，甲光向日金鱗開。

角聲滿天秋色裏，塞上燕脂凝夜紫。

半捲紅旗臨易水，霜重鼓寒聲不起。

報君黃金台上意，提攜玉龍為君死！

註釋

金鱗：此處指鎧甲閃耀光芒，好像金色的魚鱗。

角：古代軍中一種吹奏樂器，多用獸角製成，也是古代軍中的號角。

塞上燕脂凝夜紫：燕脂，即胭脂，這裏指暮色中邊塞泥土有如胭脂凝成。
凝夜紫，在暮色中呈現出暗紫色，暗指戰場血跡。

玉龍：寶劍的代稱。

地理卡片 — 大地

「黑雲壓城城欲摧，甲光向日金鱗開。」雁門的戰鬥如此驚心動魄，它是在甚麼地方呢？

雁門是古地名，在今山西省北部。雁門山在今山西省忻州市代縣西北，古代以兩山對峙，雁南飛時必經此間得名。戰國時期趙武靈王設雁門郡。雁門關為唐朝時所置，位於雁門山山頂，是軍事要塞和南北交通要衝。

詩中提到的「易水」是河名，源出今河北省保定市易縣，向東南流入大清河。此處是借用戰國時「荊軻刺秦」的典故。「黃金台」相傳為戰國時燕昭王所築的招賢台。

詩人卡片

姓　名：李賀
生卒年：790—816 年
字　號：字長吉
代表作：
《李憑箜篌引》《雁門太守行》《金銅仙人辭漢歌》等
主要成就：
唐代著名浪漫主義詩人，被稱為「詩鬼」

在中國詩歌史上，李賀是一個風格鮮明、個性獨特的詩人。他善於運用各種描繪形象、色彩、聲音的詞彙，營造出瑰麗奇絕的景象。李賀只活了 27 歲，在短短一生中，他幾乎只為一件事着魔，那就是作詩。《雁門太守行》是一則樂府曲調名，很多詩人曾用這個題目作詩，李賀的這一首最為著名。

雁門位於中國北方，在今山西省北部，著名的五台山、恆山就在附近。早在戰國、秦漢時期，這裏就是中原王朝與匈奴對峙的第一線。一直以來，征戰殺伐、刀光劍影都是守關將士們的生活日常。

李賀創作這首詩的背景，是當時朝廷官軍平定北方藩鎮叛亂的時事。他所頌揚的，是官軍的英勇善戰和堅韌不拔。「黑雲壓城城欲摧，甲光向日金鱗開。」你看，那敵軍來勢洶洶，如同漫天黑雲一般向城頭壓過來。突然，黑雲縫隙中透出幾縷金黃的陽光，照射在威風凜凜的守城將士鎧甲上，折射出光芒萬丈。

攻守大戰終於打響，悲壯慘烈的場景令人不忍直視。秋風蕭瑟，鳴鏑如雨，官軍吹響衝鋒的號角，渾厚悠長，又帶着一絲嗚咽。大戰幾個回合之後，鮮血緩緩滲入沙場黃塵和城塞牆角，暮色之下，凝成紫色。

「半捲紅旗臨易水」，「報君黃金台上意」，都是歷史上的著名典故。易水，是戰國時期荊軻刺秦之前，辭別燕太子丹的地方，「風蕭蕭兮易水寒，壯士一去兮不復還」，這個典故表現出將士們壯懷激烈的英勇豪情。黃金台相傳是戰國時期燕昭王築台拜將之地，表達的是不惜千金、禮賢下士之意。易水和黃金台的往事，都是上下同心、共赴國難的象徵。唯有如此，前方將士方有「提攜玉龍為君死」的勇氣和決心！

送元二使安西（渭城曲）

唐 王維

渭城朝雨浥輕塵，

客舍青青柳色新。

勸君更盡一杯酒，

西出陽關無故人。

 註釋

元二：王維的朋友，姓元，在家族同輩中排行第二。

使：出使，赴任。

浥：潤濕。

客舍：旅館。

柳色：柳樹象徵離別。

地理卡片 大地

渭城、陽關與安西，它們之間有甚麼關聯？

　　這些地方，正是中原到西域交通線路的起點、中點和終點。渭城在今陝西省咸陽市渭城區，地處關中平原，渭河以北，在唐朝都城長安附近，即古咸陽城。陽關在今甘肅省敦煌市西南，地處河西走廊西部，自古以來就是中原赴西北邊疆的要道。安西即唐朝的安西都護府，在今新疆維吾爾自治區天山南麓一帶。唐貞觀時期設置，治所先後在西州（今新疆維吾爾自治區吐魯番市）、龜茲（今新疆維吾爾自治區阿克蘇地區庫車市），統轄龜茲、疏勒、于闐、焉耆四鎮。安史之亂後，安西四鎮相繼陷落。

詩說

　　早春，清晨。細雨打在官道的塵土上，出現一個個斑斑駁駁的小圓點，揚起了輕輕細細的煙塵。渭城在渭河北岸，與長安隔水相望。渭河水已經漲了起來，嘩嘩地流淌。渭城郊外的客棧，王維和一眾好友，在這裏送別元二。元二將要西行，目的地是千里之外的安西。

　　客棧的黑瓦，泛出青苔的顏色；用來繫馬的柳樹，年輪增長了一圈，再次發出黃綠色的新芽。送君千里，美酒千杯，千言萬語，終有一別。折下楊柳枝，贈給元二君，因為這「柳」，寄託着老朋友們的「留」別情。

　　盛唐時期，中原、河西與西域都在唐王朝的統轄之下。那個時候，人們在中原和西域之間來往是一種常態。像王維送別元二的場景，也許每天都會在長安、渭城的各大酒肆中上演。不過，也許只有詩人王維，把元二將要前往西域的「路線圖」，用一首詩凝練地概括了出來。

　　從地處關中平原的渭城啓程，沿着渭河向河流的源頭進發；翻越隴山、渡過黃河，行走千里河西走廊；走廊盡頭是陽關，出了關城，你會看到漫天黃沙，聽到駝鈴聲聲，那就是安西都護府的地界。

　　這是一首「長詩」，不是詩歌的字句有多長，而是元二要走的路，很長很長。一千多年來，我們也一直讀着這首詩，跟着元二在這條路上行走，只見朝雨淅淅瀝瀝，輕塵飛騰又落下。

夜上受降城聞笛

唐 李益

回樂烽前沙似雪，
受降城外月如霜。
不知何處吹蘆管，
一夜征人盡望鄉。

 註釋

回樂烽：一作「回樂峯」。

征　人：戍邊的將士。

地理卡片 ｜ 大地

「回樂烽前沙似雪，受降城外月如霜」，說的是戰士戍邊的沙地在月色的映襯下帶有寒意，表現了邊塞的荒涼。我國的沙漠都分佈在哪裏呢？

我國的沙漠主要分佈在新疆維吾爾自治區、內蒙古自治區、寧夏回族自治區、陝西省、青海省和甘肅省的內流區和非季風區，以溫帶大陸性氣候為主，屬乾旱區和半乾旱區。其中位於新疆維吾爾自治區的塔克拉瑪干沙漠是我國最大的沙漠。

 詩人卡片

姓　名：李益
生卒年：750？—830？年
字　號：字君虞
代表作：
《塞下曲三首》《夜上受降城聞笛》等
主要成就：
唐代著名邊塞詩人，尤擅長七言絕句

　　「受降城」，是接受敵人投降的地方。不過，「受降城」和「回樂烽／峯」在哪兒，甚至這個「烽／峯」是哪一個字，卻有兩種不同的版本。

　　一種版本認為，「受降城」和「回樂烽」位於今寧夏回族自治區的銀川平原上。唐貞觀二十年（公元 646 年），唐太宗親臨靈州（今寧夏靈武市）接受突厥一部的投降，「受降城」之名即由此而來。回樂烽是烽火台名，位於唐回樂縣（今靈武市西南）境內。

　　另一種版本則認為，「受降城」和「回樂峯」位於今內蒙古自治區的河套平原上。唐初名將張仁願為了抵御突厥侵擾，在黃河以北築受降城，分東、中、西三城。「回樂峯」為山峯名，在受降城一帶。

　　兩種不同的版本，其實有着相同的「底色」。銀川平原和河套平原都位於黃河上游地區，因為有了黃河的滋養，它們是中國北方乾旱、半乾旱地區少有的農耕沃壤，自古以來就有「塞上江南」的美譽。從地圖上看，它們真像一大片黃土、荒漠、戈壁中的兩塊綠洲。正因如此，在古代，中原王朝和北方遊牧部族，誰能掌握這些地方，誰就能掌握戰爭的主動權。

　　「回樂烽前沙似雪，受降城外月如霜」，北方邊關，無垠沙地如同千里素雪；冷月當空，受降城頭月光如霜。此地雖說是「塞上江南」，但本質依然是艱難苦寒的「塞上」。夜深人靜，值更的士兵吹起蘆管，笛聲悠揚淒涼，如泣如訴。將士們身處這邊塞絕域而無法入夢，聽聞這曲《折楊柳》，無不暗暗思念故鄉。他們的故鄉，也許在河西、在關中，也許在巴蜀、在荊楚，也許在淮南、在江南。

　　「受降城」，這是一個有英雄氣的名字。這些駐守「受降城」的將士，也許見證過歷史性的受降時刻，擁有殺敵報國、建功立業的人生志向。但是，在更多的平凡歲月裏，他們也是普通人，也經歷過生離死別，也有恐懼和悲傷，也有對家鄉和親人的無盡思念⋯⋯

隴頭歌辭（三首）

南北朝

隴頭流水，流離山下。
念吾一身，飄然曠野。

朝發欣城，暮宿隴頭。
寒不能語，舌捲入喉。

隴頭流水，鳴聲嗚咽。
遙望秦川，心肝斷絕。

 註釋

宿：投宿，住宿。

語：說話。

嗚咽：本意是傷心哽泣的聲音，這裏形容水聲淒切。

地理卡片 —— 大地

「隴頭」在哪裏呢？「欣城」和「秦川」，又在甚麼地方？

隴頭就是隴山山頂。隴山即六盤山，位於今寧夏回族自治區南部和甘肅省東部，近南北走向，長約 240 千米，主峯海拔 2942 米。由於山路曲折盤轉六次才能到達山頂，故名。

欣城，可能指今甘肅省平涼市鎮原縣的新城一帶，距離隴山東麓百餘里。

秦川，即秦嶺北麓的渭河沖積平原，又稱關中平原，為古秦地，在今陝西省中部，有「八百里秦川」之稱。

　　隴頭就是隴山山頂，此地緯度高、海拔高，向來是苦寒之地。「隴頭流水」，高大巍峨的隴山，孕育了眾多山泉、溪流、河水。周人的祖先，曾在這裏生活，並沿着涇河、渭河不斷向下游遷徙，尋找更適合生活的家園。後來，他們發現了關中平原，就是「秦川」，這也是中國最早的「天府之國」。

　　這首民歌的作者，是一位行者。他來自繁榮富庶的秦川，他要翻越這寒冷而人煙稀少的隴頭。他的目的地，也許是隴西高原，也許是河西走廊，也許是更加遙遠的西域。自古以來，總有人或為了生計，或為了使命，或為了信仰，行走在艱難的旅程上。

　　隴頭在西北，這裏的冬天很冷。冷到甚麼程度？「寒不能語，舌捲入喉。」冷得嘴都張不開，好像一張嘴就呵氣成冰，舌頭就被凍住了。艱苦嚴酷的自然環境，襯托着行者內心的苦楚。

　　「隴頭流水，流離山下。」「隴頭流水，鳴聲嗚咽。」深冬裏的孤單行者，聽此水聲，如泣如訴。六盤山、羊腸道，走走停停。隴山山頂艱危苦寒，行者來到視野開闊處，遠眺山下茫茫原野、千里平原，遙望家鄉秦川富麗繁華，真是淒涼悲壯，肝腸寸斷！

　　這一組《隴頭歌辭》，言短意深，令人回味不盡。今天，當我們哼起《趕牲靈》《走西口》這些近現代西北民歌，總會感到，它們延續着古代西北民歌《隴頭歌辭》的基因，悠揚中帶着幽怨，幽怨中飽含倔強。

隴西行

唐 王維

十里一走馬，五里一揚鞭。

都護軍書至，匈奴圍酒泉。

關山正飛雪，烽火斷無煙。

 註釋

都護：官名，一般設置在邊疆地帶。

匈奴：主要活躍於秦漢時期的北方少數民族，這裏泛指中國北部和西部的
少數民族。

斷：中斷聯繫。

地理卡片 ｜ 🏔 大地

《隴西行》是樂府古題，又名《步出夏門行》，「隴西」是指哪裏呢？

　　隴西是古郡名。戰國時期秦昭襄王設置，因在隴山以西而得名，治所在今甘肅
省定西市臨洮縣。三國曹魏時期，郡治移至今甘肅省定西市隴西縣。

　　在今天的陝西、甘肅兩省交界地帶，你會發現很多帶「隴」的地名。陝西有隴
縣，甘肅有隴西、隴南。而在唐朝，今天的甘肅、新疆等廣大地區，大體都屬於隴
右道。可以想見，自古以來，隴山就是巨大的存在，人們用它來為自己的家園定
位。隴山是屏障，也是通道，從中原、關中去往河西、西域，這裏是必經之地。周、
秦、漢、唐等朝代，為了防備西北外族，隴山一帶也始終是戰略要地。

　　詩中提到的酒泉，也是古代郡名，即今甘肅省酒泉市。它地處河西走廊西段，
是漢武帝時設置的「河西四郡」之一。相傳地有泉水，飲之如美酒，故名。

詩說

　　王維的邊塞詩，不是憑空的想象，而是真實的體驗。在創作這首詩的時候，王維以監察御史身份，奉命到河西走廊一帶走訪巡查。

　　戍守邊疆，沒有田園牧歌式的浪漫，只有十萬火急的緊張態勢，以及簡單粗糲的美學體驗。河西走廊上的城池，其實是綠洲，是一座座孤城。習慣遊牧生活的民族，往往在秋冬季節發動圍城戰。

　　此時，「關山正飛雪，烽火斷無煙」，這麼大的雪，狼煙都沒法點燃。這可如何是好？都護大人起草了一封十萬火急的急報，必須盡快送到數百里外的援軍統帥手上。全部的希望，都在這快馬通信兵的身上。「十里一走馬，五里一揚鞭」，軍使躍馬揚鞭，風馳電掣。情勢如此緊張，這背負眾望的軍中使者，卻急而不慌，忙而不亂。

　　駿馬飛馳、兵書送到。援軍統帥接信後，抬眼看看天，大雪紛紛揚揚，天地一片混沌。望斷關山，不見烽煙⋯⋯

　　一首《隴西行》，寫到這裏戛然而止。後來大軍是如何開展救援的？與「匈奴」的戰鬥勝負幾何？城中將士的命運如何？快馬加鞭的軍使還好嗎？沒有交代，一切似乎隱沒在關山飛雪中。這是王維有意的「留白」，新穎而不落俗套。

調笑令・胡馬

唐 韋應物

胡馬，胡馬，遠放燕支山下。跑沙跑雪獨嘶，東望西望路迷。迷路，迷路，邊草無窮日暮。

 註釋

胡：古代對北方和西部各民族的泛稱。

嘶：馬叫聲。

地理卡片｜大地

「胡馬，胡馬，遠放燕支山下」，燕支山在甚麼地方？這個地方很適合養馬嗎？

燕支山又名焉支山，位於河西走廊，在今甘肅省金昌市永昌縣西、張掖市山丹縣東南，綿延於祁連山和龍首山之間，是祁連山的支脈，也是山丹河與石羊河的分水嶺。漢武帝時，名將霍去病曾率軍翻越焉支山，大破匈奴。附近有著名的山丹軍馬場，為霍去病始創。

「祁連」在匈奴語中是「天」的意思。廣義的祁連山是青海省北部、東北部和甘肅省西部邊境山地的總稱，呈西北—東南走向，由幾條平行山嶺和山間縱谷組成，綿延近 1000 千米，寬度約自西部的 400 千米至東部的 200 千米，一般海拔在 4000 米以上，多雪峯、冰川，為黃河和內陸水系的分水嶺，主峯崗則吾結（團結峯）海拔 5808 米。狹義的祁連山，指這些山脈中最北的一列，位於河西走廊之南。

詩人卡片

姓　名：韋應物

生卒年：約 737—791 年

字　號：不詳

代表作：

《滁州西澗》《寄全椒山中道士》《學仙二首》《觀田家》等

主要成就：

唐代著名詩人、文學家，世稱「韋蘇州」

詩說

「胡馬，胡馬，遠放燕支山下」，這個燕支山，在歷史上非常著名。漢武帝時期，少年將軍霍去病在河西走廊擊敗匈奴，控制了祁連山、燕支山一帶。由此，漢王朝得以掌控河西走廊，設立「河西四郡」，進而有效統轄西域。

在歷史上，中原王朝只要控制西北的河西走廊和東北的遼西走廊，就像人伸開了臂膀。河西走廊上的張掖，正因「張國臂掖，以通西域」而得名。

然而，對於匈奴人來說，這卻是個大大的壞消息。他們發出了無可奈何的哀歎：「亡我祁連山，使我六畜不蕃息；失我燕支山，使我婦女無顏色。」這是因為，祁連山一帶有一片廣闊的優良草場，出產大量優良的戰馬。在古代，軍馬是不可替代的重要戰略資源。而燕支山又叫「胭脂山」，是出產胭脂原料的地方，沒有了胭脂，自然是「婦女無顏色」。

冬日的燕支山下，一望無際的山丹軍馬場，馬兒三五成群。雪仍然在下，大地被積雪覆蓋。馬兒需要用蹄子刨開積雪，啃食雪下的乾草，拉扯出地下的草根。它們的唇下沾滿霜雪。

遠遠傳來馬的嘶鳴，帶着一絲哭腔。隱約可見一個黑點在移動，忽而迅疾，忽而遲疑。這是一匹跑失群的駿馬，它正獨自不安地用馬蹄刨着沙土和殘雪，不知該往哪裏去。荒草無邊、積雪連綿的草原圖景，更顯出這匹駿馬的徬徨無助。

這首《調笑令》，字句雖不多，卻生動傳神，別具一格，令人印象深刻。那匹迷途嘶鳴的駿馬，是否也象徵着邊塞將士常有的緊張與迷茫？

使至塞上

唐 王維

單車欲問邊，屬國過居延。

征蓬出漢塞，歸雁入胡天。

大漠孤煙直，長河落日圓。

蕭關逢候騎，都護在燕然。

 註釋

使至塞上：奉命出使邊塞。使，出使。

單　車：一輛車，形容輕車簡從。

屬　國：有幾種解釋。一指少數民族附屬於漢族朝廷而存其國號者。漢、唐兩朝均有一些屬國。二指官名，秦漢時有一種官職名為「典屬國」。王維當時代表朝廷去邊塞慰問將士，以此自稱。

征　蓬：隨風飄飛的蓬草，此處為詩人自喻。

候　騎：負責偵察、通訊的騎兵。

都　護：唐朝在邊疆地區設置了很多都護府，其長官稱都護，是地區最高軍政長官。

地理卡片 ▲ 大地

「單車欲問邊，屬國過居延」，這個居延就是歷史上的居延海嗎？

居延，是西北內陸大湖名，位於河西走廊西北部的大漠中。漢代稱居延澤，唐代稱居延海，在今內蒙古自治區阿拉善盟額濟納旗北境。它的上游是祁連山雪水匯集而成的弱水。弱水流經張掖，至下游匯集於居延海。清代以來，居延海分為兩海，蒙古語稱東海為蘇泊淖爾，西海為嘎順淖爾。

在遼闊的中國中西部地區和亞洲內陸，大澤湖泊星羅棋佈，居延海就是其中之一。從古至今，人們習慣把它們叫做「海」或者「海子」。比如，青海湖的名字就來源於「青海」；新疆羅布泊在唐朝時叫做蒲昌海，古人曾誤認為這是黃河源頭；中亞伊塞克湖在唐朝時叫熱海，唐玄奘取經時曾路過此地。

蕭關是古關名，又名隴山關，故址在今寧夏回族自治區固原市東南。燕然即燕然山，今蒙古國杭愛山。東漢竇憲北破匈奴，曾於此刻石記功。

據考證，這首詩寫於唐開元二十五年（公元 737 年），王維奉命到河西走廊一帶出使，慰問邊塞將士。

當時的居延海，水面十分浩大。大漠之中有大湖，這是中原人士難得一見的奇觀。正是秋日，最後一批即將南遷的鴻雁，在蘆葦邊拍打翅膀，逐次飛上天空，在日輪中排出整齊的「一」字。弱水注入居延海，河邊一排胡楊木，樹幹就像久經沙場的老將。夕陽西下，即將隱沒在無邊無際的金黃大漠中。

「大漠孤煙直，長河落日圓。」這是大漠中的典型景物。每一句都是一幅三維立體的圖景：碧天黃沙，白煙孤直；長河落日，溫暖蒼茫。真是「詩中有畫，畫中有詩」！這一聯看似平淡無奇，其實渾然天成。《紅樓夢》第四十八回香菱學詩時讀到這兩句，說：「想來煙如何直？日自然是圓的。這『直』字似無理，『圓』字似太俗。合上書一想，倒像是見了這景的。要說再找兩個字換這兩個，竟再找不出兩個字來。」正道出了這兩句詩的精妙之處。

居延海看似很遙遠、很荒涼，其實它從不寂寞，充滿了故事。二十世紀，考古學家在這一帶發現上萬片漢朝木簡，這就是著名的「居延漢簡」，內容非常豐富，不僅記述了居延地區屯戍活動的興衰，而且保存了西漢中期到東漢初年的重要文獻資料。今天，聞名世界的中國酒泉衛星發射中心，也位於居延海附近。中國的航天員正是從這裏飛升九天，將大漠孤煙與長河落日盡收眼底。

從軍行

唐 王昌齡

青海長雲暗雪山，
孤城遙望玉門關。
黃沙百戰穿金甲，
不破樓蘭終不還。

地理卡片 —— 🏔 —— 大地

青海、玉門關、樓蘭，在甚麼地方？

它們都位於中國的西北地區。青海即青海湖，古稱西海，在今青海省東北部，位於大通山、日月山、青海南山之間，為斷層陷落而成。面積 4483 平方千米，湖面高程 3196 米，最大水深 32.8 米，是中國最大的鹹水湖。玉門關是古代邊關名，在今甘肅省酒泉市敦煌市境內，位於河西走廊西部。在古代，出玉門關即將進入西域。樓蘭是古代的西域國名，在今新疆維吾爾自治區巴音郭楞蒙古自治州境內。

詩人卡片

姓　名：王昌齡
生卒年：約 690－756 年
字　號：字少伯
代表作：
《出塞》《從軍行七首》《芙蓉樓送辛漸》《閨怨》等
主要成就：
唐代著名邊塞詩人，擅長七言絕句，有「詩家夫子」「七絕聖手」之稱

　　王昌齡的邊塞詩大開大闔，盡顯盛唐氣象，這一首尤為典型。通過這首詩，他向讀者詳盡描述了當時唐王朝在西北的戰略態勢和地緣政治。

　　「青海長雲暗雪山」，青海就是青海湖，「雪山」就是祁連山。祁連山的南側是青海湖，它的腹地是青藏高原；祁連山的北側是河西走廊，走廊再北側是草原大漠。自古以來，中原王朝要進取西北，就要統籌經營祁連山兩側，既要保障河西走廊的安全和通暢，又要有效阻隔青藏高原和草原大漠的部族政權聯手。

　　河西走廊的地理位置至關重要。守衛河西走廊的「密碼」，是以武威、張掖、酒泉、敦煌這「河西四郡」為代表的軍事重鎮。它們，就是王之渙詩中的「一片孤城萬仞山」，王昌齡詩中的「孤城遙望玉門關」。為甚麼稱其為「孤城」？因為它們都是祁連山融雪流下山腳形成的綠洲。座座「孤城」如同珍珠鏈，一直延續到走廊西端，便可「遙望玉門關」。

　　玉門關，是河西走廊與西域之間的「鑰匙」。經過玉門關，即將進入西域。那時，人們有北、中、南三條路線可選：北線，沿着天山北麓、准噶爾盆地（古爾班通古特沙漠）南緣行進；中路，沿着天山南麓、塔里木盆地（塔克拉瑪干沙漠）北緣行進；南路，沿着崑崙山北麓、塔里木盆地南緣行進。為甚麼這些線路都在大山腳下、沙漠邊緣？因為只有這些地方才有高山融雪，才有綠洲和人煙。

　　如果你選擇中線，就會遇見樓蘭。這個綠洲小國的故址，在今新疆羅布泊一帶。羅布泊今天已經乾涸，而在古代，它曾是樓蘭國的生命之源。西漢時期，樓蘭更名鄯善，並向漢王朝稱臣。在這首詩裏，「樓蘭」是一個代指，是中原王朝悉心經營西域的象徵。

　　「黃沙百戰穿金甲，不破樓蘭終不還」，一方面是壯闊蒼涼的邊塞風景，另一方面是戍邊將士渴望保家衛國的豪壯心情。而這豪壯裏面，又有邊塞苦寒帶來的痛苦孤寂，以及邊關將士思念家鄉的複雜心情。一首《從軍行》，百味雜陳在其中！

關山月

唐　李白

明月出天山，蒼茫雲海間。

長風幾萬里，吹度玉門關。

漢下白登道，胡窺青海灣。

由來征戰地，不見有人還。

戍客望邊邑，思歸多苦顏。

高樓當此夜，歎息未應閒。

 註釋

關山月：樂府舊題，多抒離別哀傷之情。　　　　戍客：駐守邊疆的戰士。

胡：指唐王朝的勁敵吐蕃。　　　　　　　　　　邊邑：邊疆的城池。

窺：窺探，偷看，有所企圖。　　　　　　　　　高樓：古詩中多以高樓指閨閣，這裏指戍邊兵士的妻子。

地理卡片　🏔　大地

天山、玉門關、白登道、青海灣，是詩中提到的地名，玉門關前面已講過，青海灣指青海湖，天山和白登道又在甚麼地方呢？

天山即天山山脈，是亞洲內陸中部的著名山脈。天山橫貫今中國新疆維吾爾自治區中部，西端伸入哈薩克斯坦、吉爾吉斯斯坦。在中國境內長約 1700 千米，寬 250~300 千米，海拔一般在 3000~5000 米。天山山脈由數列大致東西平行的山脈組成，有廣大的冰川，北坡有雲杉林，南坡多山地草原。主峯托木爾峯海拔 7443 米。

漢唐的西域，大體位於今天的新疆。西域（新疆）的地形是「三山夾兩盆」，自北向南分別為阿爾泰山脈、准噶爾盆地、天山山脈、塔里木盆地和崑崙山脈。天山是西域的中央山脈，天山南麓和北麓是這片土地上最適宜居住的地方，也是自古以來絲綢之路的必經之地。

白登則指今山西省大同市的白登山。漢高祖劉邦領兵出征匈奴，曾被匈奴在白登山圍困了七天。

　　有學者考證認為，李白出生在碎葉城。碎葉城為唐代安西都護府重鎮，故址在吉爾吉斯斯坦托克馬克城西南的天山腳下。如果是這樣，終李白一生，他應該都保留着關於天山的童年記憶，他身上的「天山基因」不可磨滅。「明月出天山，蒼茫雲海間」（《關山月》）也好，「五月天山雪，無花只有寒」（《塞下曲》）也好，他的詩歌中始終有着天山的一席之地。

　　這首《關山月》大氣恢宏，詩中有地理的大跨越：明月出來的地方是天山，長風吹度的是玉門關，胡人窺探的是青海灣。觀察地圖就會發現，玉門關在今天的甘肅，青海灣在今天的青海，雖然都在中國的西部，但是相距甚遠，長風真的要幾萬里，才能吹度這些地方。

　　詩中有歷史的縱深感：西漢初年，漢高祖劉邦被匈奴冒頓單于圍困在白登山七天七夜，整支大軍差點凍餓而死。由此，李白聯想到當時大唐與吐蕃在青海湖畔的反復爭奪——歷朝歷代，這種無休止的戰爭使得出征將士幾乎難以生還故鄉。

　　當此凄苦悲涼的漫漫長夜，戰士們不禁想起自家高樓上的妻子。此時此夜此月，她的歎息聲恐怕也是不會停止的吧！這樣深沉的歎息與詩人所鋪設的廣闊背景一起，共同構成了這幅萬里邊塞圖。

白雪歌送武判官歸京

唐 岑參

北風捲地白草折，胡天八月即飛雪。

忽如一夜春風來，千樹萬樹梨花開。

散入珠簾濕羅幕，狐裘不暖錦衾薄。

將軍角弓不得控，都護鐵衣冷難着。

瀚海闌干百丈冰，愁雲慘淡萬里凝。

中軍置酒飲歸客，胡琴琵琶與羌笛。

紛紛暮雪下轅門，風掣紅旗凍不翻。

輪台東門送君去，去時雪滿天山路。

山迴路轉不見君，雪上空留馬行處。

 註釋

武判官：姓武的一位判官。判官，官職名，是地方主官的僚屬。

羅幕：用絲織品做成的帳幕。

錦衾：錦緞做的被子。

角弓：兩端用獸角裝飾的硬弓。

鐵衣：鎧甲。

瀚海：一種說法認為，「瀚海」指代沙漠，形容沙漠廣闊；另一種說法認為，「瀚海」位於天山北麓，是由天山融雪形成的一片湖泊沼澤。

闌干：縱橫交錯的樣子。

胡琴琵琶與羌笛：都是邊塞地區的樂器。

轅門：軍營的門。

掣：拉，扯。

地理卡片

🏔 大地

「輪台東門送君去，去時雪滿天山路。」天山位於西域，輪台又位於天山的甚麼位置？

自古以來，叫輪台的地方不少，雖然都在今新疆維吾爾自治區境內，但並非同一個所在。

漢代，輪台在今新疆維吾爾自治區巴音郭楞蒙古自治州輪台縣境內，本是一個位於天山南麓、塔里木盆地北緣的綠洲小國。天山雪水滋養出了一片片綠洲，哺育着當地百姓。漢武帝時期，此國被李廣利所滅，漢朝廷設置使者校尉，屯田於此。從此，輪台在古詩文中成為開疆拓土、守衛邊塞的代名詞。

唐代，朝廷在天山北麓、北庭都護府境內設立輪台縣，在今新疆烏魯木齊市米東區境內。

可見，漢輪台位於天山南麓，唐輪台位於天山北麓，它們之間隔着天山山脈。

 詩人卡片

姓　　名：岑參
生卒年：715—770 年
字　　號：不詳
代表作：
《白雪歌送武判官歸京》《走馬川行奉送封大夫出師西征》《逢入京使》等
主要成就：
唐代著名邊塞詩人，擅長七言歌行，與高適並稱「高岑」

唐代鼎盛時期的疆域廣大，很多地方的風土人情迥異中原，大大開闊了人們的眼界，催生了一大批前無古人的邊塞詩人。岑參，就是其中一位。當時，岑參正沿着天山北麓，前往北庭擔任節度使判官。他接替的前任，就是這首詩的贈別對象——武判官。所以有了開篇「輪台東門送君去，去時雪滿天山路」之句。

岑參是西域的常客，他曾不止一次來到這裏任職，從軍打仗。每次來到西域，岑參都會被這裏的奇觀壯景震撼。農曆八月，中原地區的人們正在準備過中秋節，這裏就開始下雪；到了仲冬時節，雪已經下了好幾個月，可不是「雪滿天山路」麼！「忽如一夜春風來，千樹萬樹梨花開。」春風不是真的春風，是捲着暴雪的「白毛風」；梨花也不是真的梨花，是樹木上層層堆積的白雪；千樹萬樹，應該都是千年老胡楊吧！

天山奇景，好看是好看，但冷是真冷。「狐裘不暖錦衾薄」，狐皮貂皮都不管用了；「都護鐵衣冷難着」，精鋼鎧甲簡直拿不上手；「風掣紅旗凍不翻」，紅旗不倒，但是卻被凍成了冰塊。岑參走筆至此，表面寫寒冷，實際是用冷來反襯將士內心的熱，表現將士們樂觀激昂的戰鬥情緒。

「中軍置酒飲歸客，胡琴琵琶與羌笛」，天氣很冷，人心很熱。有人來到，必有歡迎晚會；有人離開，必有歡送盛宴。就像這一次，岑判官初來乍到，武判官即將離任，宴席之上，人們載歌載舞，鼓樂齊鳴，開懷暢飲，絲毫不因寒冷而悲傷沉寂。「山迴路轉不見君，雪上空留馬行處。」宴會的歡樂之情，最終又轉為一絲惜別的惆悵。

這首詩不僅是詩人岑參的代表作，更是盛世大唐邊塞詩的壓卷之作。

吐蕃別館和周十一郎中、楊七錄事望白水山作

唐 呂溫

純精結奇狀，皎皎天一涯。
玉嶂擁清氣，蓮峯開白花。
半岩晦雲雪，高頂澄煙霞。
朝昏對賓館，隱映如仙家。
夙聞蘊孤尚，終欲窮幽遐。
暫因行役暇，偶得志所嘉。
明時無外戶，勝境即中華。
況今舅甥國，誰道隔流沙。

 註釋

周十一郎中、楊七錄事：呂溫在吐蕃別館中的同事，官銜分別是郎中、錄事。

皎皎：潔白明亮的樣子。

嶂：直立像屏障的山峯。

晦：昏暗。

夙：向來，早就。

幽遐：僻遠，深幽。

暇：空閒，沒有事的時候。

詩人卡片

姓　名：呂溫
生卒年：772—811 年
字　號：字和叔，又字化光
代表作：
《和舍弟惜花絕句》《青出藍詩》《終南精舍月中聞磬聲詩》等
主要成就：
唐代詩人，曾出使吐蕃

唐朝時期，青藏高原上出現了統一而強大的吐蕃王朝，在邏些城（今西藏自治區拉薩市）修築了著名的布達拉宮。唐王朝先後將文成公主、金城公主嫁給吐蕃王（贊普）。唐朝畫家閻立本的名畫《步輦圖》，描繪的就是吐蕃王松贊干布派人向唐太宗請求和親的場景。

唐王朝和吐蕃的使節往來不絕。這首五言排律，就是呂溫作為使節在邏些城「別館」眺望城外白水山而作的，時間大約在唐貞元二十一年（公元 805 年）前後。據《新唐書·呂溫傳》記載，呂溫「以侍御史副張薦使吐蕃，會順宗立，薦卒於虜，虜以中國有喪，留溫不遣……元和元年乃還」。呂溫曾伴隨一名叫張薦的官員出使吐蕃，此時恰逢唐王朝唐德宗、唐順宗相繼去世，而張薦也在吐蕃去世，呂溫等人因此滯留吐蕃，大約一年後才得以返回。

在滯留吐蕃的一年時間中，因為未來茫然不可預料，呂溫和周十一郎中、楊七錄事這些同事或許會感到心緒不寧。但是，吐蕃別樣的風景吸引了他們的注意力，於是吟詩作賦、互相唱和。

推開吐蕃「別館」的窗戶，就能望見一座「白水山」。白水山是一座冰清玉潔的大雪山，山上終年積雪。「玉嶂擁清氣，蓮峯開白花。半岩晦雲雪，高頂澄煙霞。」峯頂的皎皎白雪，好似蓮花盛放；半山雲霧繚繞，高原山峯特有的「旗雲」映射陽光，形成七色彩虹。這些詩句通過光與色、明與暗的對比，展現出青藏高原獨特而雄奇的瑰麗風光。

「暫因行役暇，偶得志所嘉。」他們暫時因為公事滯留在吐蕃這個地方，但是也因此擁有了難得的閒暇時光，看到了難得一見的奇絕風景。賦得小詩一首，既是寄託志向，也是鼓舞精神。

「明時無外戶，勝境即中華。況今舅甥國，誰道隔流沙。」唐時，文成公主、金城公主先後與吐蕃聯姻，公主的孩子就是唐王室的外甥，雙方於是形成了「舅甥國」這樣的親密關係。而在聯姻之外，唐和吐蕃還曾多次「會盟」，這些都大大促進了兩地的經濟文化交融。雖然，中原與高原之間的路途遠隔流沙、艱難險阻，但是，我們是親上加親一家人，又有甚麼能夠阻礙往來呢？

中國水系

黑龍江
松花江
渤海
敦化
遼河
長山羣島
長島
磁石山
渤海
北京
京杭
運河
雲台山
中國水準零點
崇明島
舟山羣島
錢塘江
太湖
江
鄱陽湖
長
淮
黃
河
洞庭湖
西安
河
江
黃
青海湖
瀾滄江
怒江
藏
布江
魯
雅
河
木
里
塔

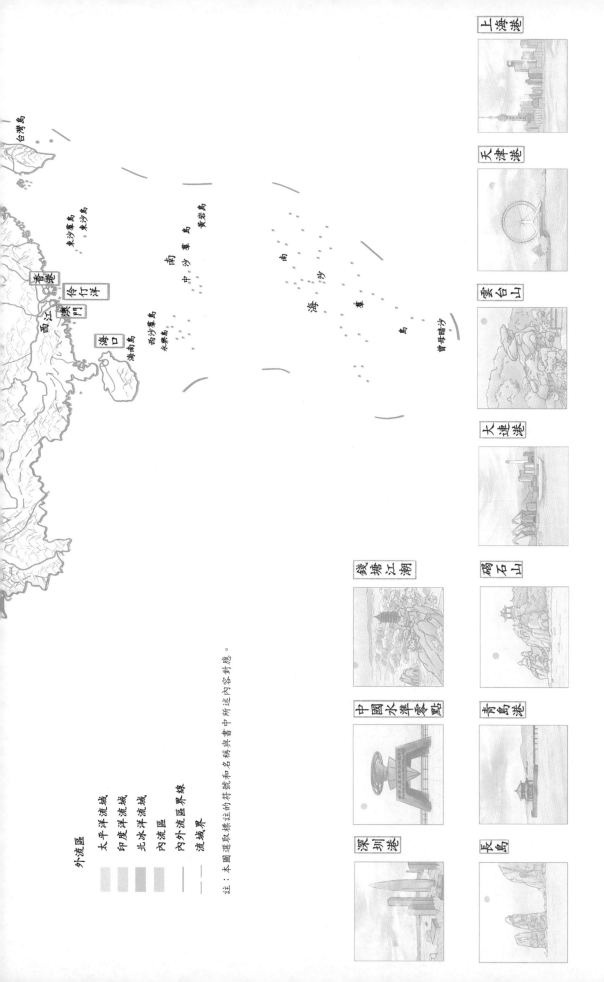

台灣島

東沙羣島 東沙島

香港
澳門
西江

海口
海南島

西沙羣島
永樂島

東沙羣島

南 沙 羣 島 黃岩島

中 沙 羣 島

南 沙 羣 島

南

海

曾母暗沙

上海港

天津港

雲台山

大連港

錢塘江潮

碣石山

中國水準零點

青島港

深圳港

長島

外流區

太平洋流域
印度洋流域
北冰洋流域
內流區
內外流區界線
流域界

註：本圖選取標註的符號和名稱與書中所述內容對應。

第四章　大海

　　中國是一個海陸兼備的大國。中國大陸海岸線長 18000 多千米。東部與南部瀕臨渤海、黃海、東海和南海，管轄海域面積約 300 萬平方千米。

　　中國人與海洋的淵源很早、很深。古老的地理典籍《山海經》，其中有「山」也有「海」，這體現了古人樸素而完備的地理意識。在很早的時候，中國就有蓬萊仙山的傳說、徐福東渡的故事。古典詩詞中的大海，浩瀚而瑰麗。

　　中國海岸地勢平坦，多優良港灣。千百年來，中國人通過海洋溝通世界，海上絲綢之路與陸上絲綢之路齊名。在中國歷史上，經略海洋總能帶來繁榮昌盛，而閉關鎖國必然導致落後捱打。不論是遠渡重洋、開闢家園，還是向海圖強、奮起抗爭，中國人都用詩歌留下了寶貴的記錄。

步出夏門行‧觀滄海

三國 曹操

東臨碣石，以觀滄海。

水何澹澹，山島竦峙。

樹木叢生，百草豐茂。

秋風蕭瑟，洪波湧起。

日月之行，若出其中。

星漢燦爛，若出其裏。

幸甚至哉，歌以詠志。

註釋

澹澹：水波搖動的樣子。

竦峙：聳立。竦，通「聳」，高。

蕭瑟：樹木被秋風吹過時的聲音。

星漢：銀河，天河。

地理卡片

大海

碣石在甚麼地方？滄海又是哪一片海？

碣石位於今天的河北省秦皇島市昌黎縣境內，曾是一處濱海石山。據《史記‧秦始皇本紀》記載，秦始皇「三十二年，始皇之碣石，使燕人盧生求羨門、高誓。刻碣石門」。秦始皇統一中國後巡遊全國，曾經來到碣石，並且在此立碑刻石。「秦皇島」這個地名，就是因此而來。

漢武帝同樣來到過碣石山。《史記‧孝武本紀》記載，漢武帝在封禪泰山後，沿着渤海海岸巡遊，「北至碣石，巡自遼西，歷北邊至九原」。

秦始皇、漢武帝都曾到過碣石。可見，在秦漢時期，碣石是一個重量級的「地標」，地理位置非常重要：首先，碣石地處華北與東北的交匯處，其東北便是咽喉要道——遼西走廊；其次，它地處陸、海交接處，是陸路交通和海路交通的樞紐。

秦漢時期，人類的航海技術還不發達，海路交通基本都是沿着海岸線進行。碣石幾乎位於環渤海的中心位置，北行可達遼東灣各地，南行可至山東半島諸地。由此，碣石也就成為中國北方的重要海港，不但商業貿易繁榮，也肩負水路用兵和轉運軍用物資的重任。

「滄海」指渤海。渤海是中國的內海，位於中國北方，在今遼寧省、河北省、天津市、山東省之間。南北長 556 千米，東西寬 236 千米，面積 7.72 萬平方千米。平均水深約 18 米，最深 70 米，為一個半封閉的大陸架淺海。

詩人卡片

姓　名：曹操
生卒年：155—220 年
字　號：字孟德，小名阿瞞
代表作：
《觀滄海》《龜雖壽》《蒿裏行》等
主要成就：
東漢末年傑出的政治家、軍事家、文學家、書法家，曹魏政權的奠基人

詩說

　　東漢末年，天下大亂，傑出的政治家、軍事家曹操東征西討，基本統一了中國北方。公元207年，一股軍事勢力與遼東的烏桓（又稱烏丸）部族結合，擾動曹操的後方。曹操親自帶軍前往遼東征討，大破烏桓。當年秋天，曹操班師返回，途經碣石山，寫下了這首千古名作。

　　「東臨碣石，以觀滄海」，曹操的詩句把我們帶回到一千多年前的碣石山，秋日的大海邊。「水何澹澹，山島竦峙。樹木叢生，百草豐茂。」請看那海中孤島，山石嶙峋，青松蒼翠，茅草叢生。「秋風蕭瑟，洪波湧起。」再看那怒海狂濤，永不休止地拍打海岸，大海的壯闊景象盡收眼底。碧空滄海，一片蔚藍，海天一色，白雲蒼狗。

　　「日月之行，若出其中。星漢燦爛，若出其裏。」大海茫茫無際，太陽與月亮彷彿從海中升落，星辰與銀河好像以大海為故鄉。這是多麼雄奇壯闊的大海啊！它無邊的氣勢竟使日、月、星、漢都顯得渺小了。這種宏偉壯麗的藝術境界，正體現出曹操「老驥伏櫪，志在千里」的胸襟氣度。

　　滄海邊的碣石，承受着無日無夜的海浪衝擊，山石不斷崩壞沉入海底。今天，人們在碣石故址岸邊，也許只能看到海中嶙峋聳立的孤山片石。後來，人們在碣石山以北的山海交會處，修築起「天下第一關」——山海關；那一頭扎入大海的城牆，被稱為「老龍頭」。而無論是碣石山還是山海關，它們都是山與海碰撞出的壯景！

讀山海經（其十）

東晉　陶淵明

精衛銜微木，將以填滄海。

刑天舞干戚，猛志固常在。

同物既無慮，化去不復悔。

徒設在昔心，良辰詎可待。

 註釋

精衛：古代神話中鳥名。

刑天舞干戚：刑天，神話人物。干戚，盾牌和斧子。

昔心：過去的壯志雄心。

良辰：好日子。

詎：豈，怎能。

地理卡片 🌊 大海

　　精衛是神話傳說中的一種海鳥。而在現實世界中，海鳥很多為候鳥，這些候鳥每年都要進行長途跋涉的遷徙。在遷徙過程中，它們喜歡在甚麼地方停留呢？

　　我國沿海有諸多濱海濕地，它們是重要的候鳥遷徙補給站。例如，遼寧丹東鴨綠江口濱海濕地每年有 200 多種候鳥在此停留，包括國際瀕危鳥類黑嘴鷗、斑背大尾鶯等；江蘇鹽城黃海濕地是全球鳥類遷徙的重要驛站，棲息着包括丹頂鶴等 400 多種鳥類；上海崇明東灘位於長江入海口，每年均有約 100 萬只次遷徙水鳥在此棲息或過境，歷年調查有記錄的鳥類有 290 種，其中鶴類、鷺類、雁鴨類、鴴鷸類和鷗類是主要水鳥類群；香港米埔濕地位於珠江口，每年冬季有數萬只候鳥在此越冬，來這裏過冬的鳥兒最北從西伯利亞飛來，最南從澳大利亞飛來。

 詩人卡片

姓　　名：陶淵明

生卒年：365—427 年

字　　號：名潛，字淵明，又字元亮，自號「五柳先生」，私諡「靖節」，世稱靖節先生

代表作：

《歸園田居》五首、《歸去來兮辭》《桃花源記（並詩)》《五柳先生傳》等

主要成就：

東晉末至南朝宋初詩人、辭賦家，中國第一位田園詩人，被稱為「古今隱逸詩人之宗」

　　《山海經》是中國古代的一部地理典籍。翻開《山海經》，讀者宛如進入魔幻世界：「山經」裏到處是各種奇怪的動物、植物和礦物，「海經」裏能看到各種「海外」奇國和奇人。古人也許難以通達海外，但是面對大海，他們有着最為豐富的想象力。

　　在古代，《山海經》是人們茶餘飯後的消遣良品，是讀書人的「國家地理」。退隱居家的陶淵明，就很喜歡讀《山海經》。他曾在詩中寫道：「泛覽周王傳，流觀山海圖。俯仰終宇宙，不樂復何如？」他用詩歌這一體裁寫了十多篇《山海經》讀後感，這就是《讀山海經》系列。

　　「精衛銜微木，將以填滄海。」說的是廣為流傳的故事「精衛填海」，根據《山海經》記載：「炎帝之少女，名曰女娃。女娃游於東海，溺而不返，故為精衛，常銜西山之木石，以堙於東海。」由此可見，中國人很早就體會到大海的巨大威力。與此同時，人們又觀察到，不論風平浪靜還是驚濤駭浪，有一種生物對大海毫不畏懼，在海上沉浮自如，那就是海鳥。現實中的海鳥銜木，也許是為了營造巢穴。但是，人類給這種動物的行為附加了自己的想象力。於是，一個女孩幻化為神鳥，與大海抗爭的故事，就在人們的口口相傳中誕生、豐富、成型。不要小看任何一種海鳥，它們中的部分成員可以飛行數萬千米，在澳大利亞以南到北極圈以北的範圍內遷徙，遷徙尺度幾乎跨越大半個地球。當它們途經中國的長江口濕地、江蘇鹽城黃海濕地、遼寧丹東鴨綠江口濱海濕地等處，總會稍事歇息、補充營養。自古以來，人們就在留意和觀察這些遷徙的候鳥：它們從哪裏來？要到哪裏去？看過甚麼樣的風景？生物的多樣性、生靈的可憐可愛，是一筆無價的財富，是人類想象力的源泉。

　　《山海經》的故事，不止有精衛填海。「刑天舞干戚，猛志固常在。」「刑天」是一位被天帝砍頭的猛士，這位悲劇人物並不屈服，以乳為目、以臍為口，揮舞斧子和盾牌繼續抗爭，雖死無悔，猛志常在。

　　在《山海經》中，精衛填海、刑天舞干戚、夸父逐日、女媧補天這些神話故事最為人們津津樂道，陶淵明也很鍾愛這些與天、與地、與大海抗爭的勇士。這些勇士勇敢堅韌的頑強品格，給了他堅持自我的勇氣，也給了他隱居自潔的安慰。

有所思

唐 李白

我思仙人，

乃在碧海之東隅。

海寒多天風，

白波連山倒蓬壺。

長鯨噴湧不可涉，

撫心茫茫淚如珠。

西來青鳥東飛去，

願寄一書謝麻姑。

 註釋

有所思：樂府舊題。

隅：角落。

蓬　壺：即蓬萊仙島。古代傳說有蓬萊、方丈、瀛洲三
　　　　座海中仙山，合稱「三壺山」。

青鳥：神話傳說為西王母使者。

麻姑：傳說中的女神仙。

地理卡片　大海

蓬壺是傳說中的海上仙島，在真實的世界中，中國有哪些海島呢？

我國共有 11000 多個海島。從北向南，主要有：長山群島，位於遼東半島
東側的黃海海域；廟島群島，位於遼東半島和山東半島之間，扼守渤海海峽；崇
明島，中國第三大島，位於長江入海口，由長江攜帶泥沙沖積而成；舟山群島，
在浙江省東部，位於東海海域；釣魚島及其附屬島嶼，位於東海海域；台灣島，
中國第一大島，西面是台灣海峽，東面是太平洋；香港島等珠江口島嶼，位於珠
江入海口；海南島，中國第二大島，位於南海海域；東沙群島、西沙群島、中沙
群島、南沙群島等南海諸島，位於南海海域。

　　李白對求仙問道的話題始終很感興趣。而在中國的神話傳說裏,神仙大多居住在大海深處或者大山之中。傳說,東海之中有三座仙山,分別叫做蓬萊、方丈和瀛洲。所以李白說:「我思仙人,乃在碧海之東隅。」

　　求訪仙人並不容易,要經歷千辛萬苦。「海寒多天風,白波連山倒蓬壺。」大海茫茫,白浪滔天,險惡異常。不僅如此,還有「長鯨噴湧不可涉」,海中有很多大到無法想象、模樣無法描述的「異形」和「海怪」:烏賊、章魚、鯨魚、鯊魚⋯⋯你看那大鯨魚,噴出的氣浪足以掀翻一條大船!李白還曾在《公無渡河》一詩中寫道「有長鯨白齒若雪山」,鯨魚的一顆白牙齒就像一座大雪山。

　　所以,那些泛海求仙的人們,他們到底是得道成仙了,還是葬身鯨腹了,無人知曉。「撫心茫茫淚如珠」,想到如此艱難險阻,求仙之人一邊打起了退堂鼓,一邊也是淚如雨下、心意難平。

　　「西來青鳥東飛去,願寄一書謝麻姑。」這都是在化用典故。「青鳥」出自《山海經》的記述,這只鳥兒是崑崙山西王母的信使。「麻姑」,則是東晉煉丹家葛洪所著《神仙傳》中的角色,自稱見過三次滄海變桑田,是位長生不老的仙女,難怪李白想要跟她通信做筆友了。

　　有所思,有所思,難道李白所思的只是海中求仙嗎?研究者認為,這首詩其實反映了李白無法實現抱負的苦悶情懷:仙山和仙人如同他的遠大抱負,而波譎雲詭的大海彷彿險惡無常的現實。李白的很多詩歌,都反映了這種追求美好理想而不得的情思。

哭晁卿衡

唐 李白

日本晁卿辭帝都，

征帆一片繞蓬壺。

明月不歸沉碧海，

白雲愁色滿蒼梧。

 註釋

晁卿衡：即晁衡（公元 698—770 年），日本人，原名阿倍仲麻呂。公元 717 年
（唐開元五年），來中國求學。漢名為晁衡。卿：尊稱。

帝 都：指唐朝京城長安。

蓬 壺：神話傳說中東方大海上的仙山。這裏指代晁衡航行於東海。

蒼 梧：本指九嶷山，此指傳說中東北海中的郁州山（郁洲山）。相傳郁州山
自蒼梧飛來，故亦稱蒼梧。

古代的日本跟中國之間的交往就很密切嗎？

沒錯。日本是太平洋西北部的島國，與中國隔海相望。日本於公元四世紀建立統一的國家，七世紀大化改新後建立中央集權政權。中國和日本，互相是搬不走的鄰居，中日之間的交往交流源遠流長。唐朝時期，日本大量向中國派出「遣唐使」，他們中有學生、官員、僧人，其中不少人索性長期定居中國、定居長安，晁衡（阿倍仲麻呂）就是其中之一。

詩
說

　　公元 717 年（唐開元五年），二十歲的阿倍仲麻呂跟隨日本使團來到中國，唐玄宗賜名朝衡（又作晁衡）。後來，他在唐朝廷做了官，和李白、王維等大詩人成為詩友。三十多年後，公元 753 年（唐天寶十二年），晁衡告別友人，登舟泛海，打算返回日本，這就是「日本晁卿辭帝都，征帆一片繞蓬壺」。

　　晁衡此行，同一船隊中就有第六次東渡日本的高僧鑒真。鑒真此行終於順利抵達日本。不過，晁衡所乘的另一艘船遇到風暴，漂流到安南（今越南一帶）。晁衡登陸後重返長安，再也沒有回日本，最後終老中國。鑒真，也再也沒有回到中國。他們的歸宿，也許就是上蒼的安排。

　　李白的這首詩，作於晁衡遭遇風暴海難之際。當時長安城裏傳言，晁衡一行已經遭遇不幸，李白聽聞後悲痛欲絕。晁衡往日的音容笑貌，彼此交往的種種往事，一起湧上心頭。「明月不歸沉碧海，白雲愁色滿蒼梧」，一派愁雲慘霧中，唯願晁卿如同明月，雖沉大海但永遠不朽！

　　不知後來，當大難不死的晁衡回到長安，李白會是怎樣的喜極而泣。晁衡讀到「悼念」他的這首詩，對這樣的生死之交又有怎樣的感悟。

　　在唐朝時期，像晁衡這樣不顧險阻往來中日之間的，還大有人在。高僧鑒真數次東渡日本失敗，也曾漂流到南方海域，第六次方才成功；日本僧人圓仁，冒險乘船來到中國，此後數年從揚州到五台山再赴長安，留下一部《入唐求法巡禮行記》；晚唐詩人韋莊為學成歸國的日本僧人敬龍送行，在贈別詩中寫道：「扶桑已在渺茫中，家在扶桑東更東。此去與師誰共到，一船明月一帆風。」

　　山川異域，風月同天；千年已過，詩篇不朽。

送渤海王子歸本國

唐　溫庭筠

疆理雖重海，車書本一家。

盛勛歸舊國，佳句在中華。

定界分秋漲，開帆到曙霞。

九門風月好，回首是天涯。

 註釋

疆理：劃分，治理。

車書：車軌寬度和書寫方式。

盛勛：盛大的榮譽。

九門：九座城門，這裏指代唐朝都城長安。

地理卡片

大海

　　詩中的「渤海」，跟今天的中國內海渤海是一個地方嗎？

　　不是。今天的渤海指一片海域，詩中的渤海指一個國家。渤海國，是唐朝時期以靺鞨粟末部為主體，結合其他靺鞨諸部所建政權。渤海國幅員廣闊，物產豐富，幾乎囊括了今天的中國東北地區和周邊的東北亞區域，其首府上京龍泉府遺址在今黑龍江省寧安市西南渤海鎮。渤海是唐的屬國，按照唐制建立政治、經濟制度，使用漢文。唐時期，渤海國經常派人到長安朝貢、學習，請封號。後為契丹（遼）所滅。

 詩人卡片

姓　名：溫庭筠

生卒年：約 812–866 或
　　　　　824–882 年

字　號：字飛卿，時稱溫
　　　　　八叉、溫八吟

代表作：
《商山早行》《過陳琳墓》
《蘇武廟》《菩薩蠻》等

主要成就：
唐朝著名詩人、詞人，為
「花間派」首要詞人，被
尊為「花間派」之鼻祖

　　唐朝時期，很多周邊政權、部族都非常傾慕唐朝的政治、經濟、文化。這其中，就包括東北地區的渤海國。渤海國不斷派出人員到大唐的長安，朝貢、學習、生活、做官。渤海國的王子，也曾在長安留學和生活。王子在長安過得非常愉快，結交了溫庭筠等一群詩友，對唐朝的文化有着深深的認同感，這就是「疆理雖重海，車書本一家。」雖然兩國相隔遙遠，但是大家車同軌、書同文，在文化上同屬「一家」。

　　終於有一天，渤海國的王子依依不捨地告別長安，告別溫庭筠等一干朋友，將要踏上歸途。溫庭筠作詩送別，「盛勳歸舊國，佳句在中華」，王子您滿載盛譽歸國，您的詩句永遠留在中華！

　　王子回去的路該怎麼走？根據考證，當時唐和渤海國之間的交通，有陸路也有海路。陸路走遼西走廊，但要遇到不是很友好的契丹人；相對來說，海路更加便捷通暢一些。王子在登州（今山東省煙台市蓬萊市）上船，北渡黃海，在鴨淥水（鴨綠江當時的稱呼）入海口溯流而上，便可到渤海國境內。「定界分秋漲，開帆到曙霞」，秋日江水大漲，潮平岸闊，利於王子行舟。

　　當王子乘坐的海船行駛在茫茫大海上，當其一行駛入鴨淥水江面，當他拿出溫庭筠的送別詩一讀再讀，當渤海國故土出現在眼前，王子會聯想到甚麼？他會再次懷念起雄偉的長安城，還有在長安城度過的日日夜夜。

浪淘沙

唐 白居易

白浪茫茫與海連，
平沙浩浩四無邊。
暮去朝來淘不住，
遂令東海變桑田。

這首詩中的東海，就是今天的東海嗎？

也不盡然。在古代，東海泛指中國東部的大海。而在不同的歷史時期，東海的具體指稱對象也不同。先秦古籍中的東海，相當於今天的黃海。秦漢以後，包括唐宋等時期，人們長期把今天的黃海、東海統稱為東海。白居易是唐朝人，當時的「東海」，應該是涵蓋了今天的黃海與東海。明代以後，人們把這一海域的北部稱黃海，南部仍稱東海，即與現今相同。

我們今天所稱的東海，是中國三大邊緣海之一，北起長江北岸至濟州島方向一線，南以廣東省南澳到台灣省本島南端一線，東至沖繩海槽（以沖繩海槽與日本領海分界），正東至台灣島東岸外 12 海里一線，面積 77 萬平方千米。

　　中國古代很早就有「四海」的說法。「四海」到底指哪四片海域？一般來說，東海泛指中國東部面臨的海域，包括今天的渤海、黃海與東海；南海指中國南部面臨的海域，與今天的南海大體一致；北海則指北方的大湖，例如貝加爾湖；西海指西面的大湖，有時特指青海湖。

　　《浪淘沙》原為唐教坊曲，劉禹錫、白居易二人均有詩作。東臨大海，白居易看到了甚麼？「白浪茫茫與海連，平沙浩浩四無邊。」茫茫大海，果然是無窮無盡的浪，無邊無際的沙。大浪淘沙，在江河如此，在大海更是如此。

　　「暮去朝來淘不住，遂令東海變桑田。」滄海桑田這個成語源自一個神話故事：東晉煉丹家葛洪所著《神仙傳》中記載，有一位看似十八九歲的姑娘麻姑，自稱「已見東海三為桑田」。原來麻姑是一位老壽星。人不可貌相，海水不可斗量。茫茫大海，它在空間尺度上是無比廣大的，大到無邊無際；滄海桑田，它在時間尺度上是無比漫長的，長到難以想象。

　　滄海桑田是一個神話故事，但包含着古代中國人樸素的地理認知。男耕女織的中國古人，在肥沃的桑田之中，也許時常挖掘到海螺殼和海貝殼。他們漸漸意識到，所謂陸海分界並非一成不變。而海陸變遷的緣由，很有可能就是日復一日的大浪淘沙，是江河攜帶大量泥沙入海。近現代科學也已經證明了他們的猜想。長江入海口的變遷就是典型一例，數千年來，它已經從揚州一線推進到上海一線；數千年後，它也許又推進到其他的甚麼地方。

望月懷遠

唐 張九齡

海上生明月，天涯共此時。

情人怨遙夜，竟夕起相思。

滅燭憐光滿，披衣覺露滋。

不堪盈手贈，還寢夢佳期。

 註釋

情 人：多情的人。

怨遙夜：因離別而幽怨失眠，以致抱怨夜長。

竟 夕：終宵，即一整夜。

憐：愛惜。

滋：濕潤。

不堪盈手贈：無法用雙手把月光捧給你。盈手，雙手捧滿之意。

寢：睡眠。

地理卡片 ◎ 大海

　　當海上升起明月之時，你知道會發生甚麼自然現象嗎？

　　滿月之時，會發生大潮現象。海水在月球和太陽引潮力直接或間接作用下，會產生一種長週期的波動，叫做潮汐現象。波峯到達處出現高潮，波谷到達處出現低潮。中國古代稱白天的潮水漲落為「潮」，夜間的潮水漲落為「汐」，這兩個字，其實就是「朝」「夕」加上三點水旁。每當滿月之時，也就是農曆十五日前後，太陽和月亮對地球上海水的吸引力方向是相同的，此時海水受到的吸引力最大，導致大潮。

 詩人卡片

姓　名：張九齡
生卒年：673 或 678–740 年
字　號：字子壽，號博物
代表作：
《望月懷遠》《感遇》十二首等
主要成就：
唐朝開元名相、政治家、文學家、詩人

詩說

在中國人的詩歌裏，大海經常與明月相伴。張九齡說：「海上生明月，天涯共此時。」把思念都寫出這麼大的排場，這是盛唐才有的氣魄。同樣是唐詩，張若虛在《春江花月夜》中寫道：「春江潮水連海平，海上明月共潮生。」海上生明月之時，也是潮水最盛的時候。這是一種天文現象，也是一種地理現象。波濤洶湧的大海，在一輪明月的照映下，潮水如同千軍萬馬，潮聲如同滾滾驚雷。

張九齡的這首《望月懷遠》大約作於中秋時節，當時他被朝廷免去宰相，貶謫在荊州，與家人分離。中秋月圓，應當闔家團圓賞月才是。奈何漫漫長夜，唯有失眠相伴。荊州在長江之濱，也許，他當時正漫步江岸，滿月之光灑在江面上，江濤洶湧，月影搖曳。他的想象力，隨着大江東去，飛到千里之外的大海邊，大海與明月的景象越來越明晰。

夜色漸深。又大又圓的月亮慷慨地灑下月光，幾乎照亮了小院和房舍的每一個角落。詩人掐滅了蠟燭準備就寢，奈何輾轉反側難以入眠。披上衣服爬起來，小院裏走兩圈。蛐蛐依然在叫，露水在不知不覺中打濕了衣裳。月華如練，月色皎潔。可這美麗的月光卻無法採擷以贈遠方親人，詩人無奈只得回到室內繼續睡覺，興許還能做個美夢，今夜的夢裏，有大海，有明月，有家人，有團圓。

酒泉子・長憶觀潮

宋 潘閬

長憶觀潮，滿郭人爭江上望。來疑滄
海盡成空，萬面鼓聲中。

弄潮兒向濤頭立，手把紅旗旗不濕。
別來幾向夢中看，夢覺尚心寒。

 註釋

酒泉子：詞牌名。

郭：外城。

弄潮兒：指與潮水周旋的水手。

夢覺尚心寒：一覺睡醒來，回憶夢中的場景，還覺得驚心動魄。

地理卡片　　大海

「長憶觀潮，滿郭人爭江上望。」甚麼時候，在哪裏可以看到如此壯觀的海潮？答案是每年秋季，在中國的錢塘江入海口。江河湧潮是海洋潮汐的一種現象，這是大海與大河共同上演的一台「大戲」。世界上很多河口都有湧潮現象，其中氣勢最為磅礴、歷史文化最為悠久的，當屬中國的錢塘江潮。

錢塘江發源於今安徽省南部，主要流經浙江省，在杭州灣注入東海。錢塘江湧潮四季皆有，每年農曆八月十八前後的錢塘湧潮最為壯觀。這是因為，錢塘江河口具有兩個特殊的地形條件：第一，喇叭形的河口灣。杭州灣的灣口寬達 100 千米，至最佳觀潮地點海寧市鹽官鎮驟縮為 3 千米，致使潮水湧積。第二，由於灣底的沙洲具有摩擦阻力，使得潮波傳播受到約束，形成湧潮。

詩人卡片

姓　名：潘閬

生卒年：？—1009 年

字　號：字夢空，一說字逍遙，號逍遙子

代表作：
《歲暮自桐廬歸錢塘晚泊漁浦》《孤山寺見從房留題》《酒泉子》等

主要成就：
宋初著名隱士、文人

詩說

錢塘潮，自古以來天下聞名。唐朝時，白居易擔任杭州刺史，就曾在《憶江南》中寫道：「山寺月中尋桂子，郡亭枕上看潮頭。」杭州最值得回憶的是秋天，秋天最值得觀賞的，一是山寺中的桂子，一是錢塘的大潮。北宋時期，蘇軾在杭州做官，也寫到過錢塘潮：「八月十八潮，壯觀天下無。鯤鵬水擊三千里，組練長驅十萬夫。」天下無雙的錢塘潮，彷彿鯤鵬擊水，如同千軍萬馬。

北宋人潘閬，走南闖北，性情疏狂，唯一令他拜服的，也許就是這錢塘潮。「長憶觀潮，滿郭人爭江上望。來疑滄海盡成空，萬面鼓聲中。」大潮來時，杭州滿城的人都跑到六和塔和海寧去看潮。只聽得雷鳴和戰鼓般的聲音，一條白線出現在地平面。感覺中似乎潮還很遠，但一瞬間就能湧到面前，淹沒整個大堤。錢塘潮如此驚險卻又如此生動，真是天下奇觀！這雖是詞人的誇張之詞，卻生動形象地表現出大自然的偉力。「弄潮兒向濤頭立，手把紅旗旗不濕。」「弄潮兒」的原意，是指那些在大潮中來去自如的「衝浪手」，他們腳踩踏板，手舉紅旗，遊戲於風口浪尖上，在自由馳騁中獲得快感。觀者只見潮線上紅旗點點，時隱時現。在人們的驚呼聲中，弄潮兒獲得了屬於自己的人生價值。現在，我們經常用「弄潮兒」來形容那些勇敢、自信、有領袖氣質、善於把握趨勢的人物。

中國人英勇無畏的進取和開拓精神，就在這錢塘大潮中，就體現在這些弄潮健兒的身上。

減字木蘭花 · 立春

宋 蘇軾

春牛春杖，無限春風來海上。
便丐春工，染得桃紅似肉紅。

春幡春勝，一陣春風吹酒醒。
不似天涯，捲起楊花似雪花。

 註釋

春牛：即土牛，古代立春時農村塑造土牛，以勸農耕，並象徵春耕開始。

春杖：耕夫持杖而立，用來鞭打土牛。這種習俗，叫做「打春」。

春幡：春旗。立春日農家戶戶掛春旗，標誌春的到來。

春勝：一種剪成圖案或文字的剪紙，以示迎春。

天涯：多指天邊。此處指作者被貶謫的海南島。

地理卡片 🌀 大海

這首詞所描寫的春日景致在海南島。

海南島是中國第二大島，面積約 3.4 萬平方千米。因地處中國大陸以南而得名，北隔瓊州海峽與雷州半島相望，古時稱瓊崖、瓊州、珠崖。島內地形以山地和台地為主，北部為平原，中部有黎母嶺和五指山，大的河流有南渡江、萬泉河等。氣候終年炎熱。

海南島位於南海之中，隸屬於海南省。南海是中國海疆國界伸展最南之處，也是中國近海中面積最大、最深的海區，總面積約 350 萬平方千米，在長期的地殼變化過程中形成了一個比較完整的深海盆地。海南省則包括海南島和西沙群島、中沙群島、南沙群島的島礁及其領海。

詩說

　　蘇軾一生幾起幾落，數度被貶。北宋紹聖四年（公元 1097 年），62 歲的蘇軾更是被貶到大海之南——位於海南島西部的儋州（今海南省儋州市）。

　　海南島偏處天涯海角，經濟、社會和文化在當時很落後，生活條件艱苦，各種傳染病流行。朝廷將蘇軾流放至此，實是讓他自生自滅。但是，堅強自信、曠達豪放的蘇軾，懷抱着來之、安之、樂之的心態，精彩充實地過好每一天。

　　海南島終年炎熱，本無四季，但依然行曆法和二十四節氣。這一天是立春，蘇軾饒有興致地觀賞民俗表演。人們用泥塑了一尊土牛，一位農夫拿着鞭子做鞭打耕牛狀，這就是「春牛春杖」。與此同時，家家戶戶、村社祠堂，都立起五彩春旗，即「春幡」；貼上或掛上漂亮的手工剪紙，即「春勝」，情趣濃郁。

　　立春這一天，遙想中原與江南，其實還是冬日景象。而在大海之南，已經是東方風來滿眼春。「無限春風來海上」，這是熱帶海島的春風；「便丐春工，染得桃紅似肉紅」，春風吹拂，深紅淺紅的各種花朵盛開。「不似天涯，捲起楊花似雪花」，楊花柳絮漫天飛舞，如同雪花一般。這哪裏是海角天涯，明明「此心安處是吾鄉」！

　　立春當日，海島鄉間舉行盛大的春社活動。大家紛紛搬出美酒，痛飲一番，「一陣春風吹酒醒」，半醉半醒間，度過快樂的一天，迎來美好的春天。

　　被貶海南島三年，蘇軾已經把這裏當作家鄉。他曾在詩中寫道：「他年誰作輿地志，海南萬里真吾鄉。」後來，當他被允許渡海北歸的時候，又同前來告別的父老鄉親們說：「我本海南民，寄生西蜀州。」

過零丁洋

宋　文天祥

辛苦遭逢起一經，干戈寥落四周星。

山河破碎風飄絮，身世浮沉雨打萍。

惶恐灘頭說惶恐，零丁洋裏歎零丁。

人生自古誰無死？留取丹心照汗青。

 註釋

起一經：因為精通一種經書，通過科舉考試而被朝廷起用做官。文天祥二十歲即考中狀元。

干　戈：原指盾牌和矛戈，這裏指南宋抗元戰爭。

寥　落：荒涼冷落。

惶　恐：驚惶恐懼。

零　丁：同「伶仃」，孤苦無依的樣子。

丹　心：紅心，比喻忠心。

汗青：竹簡，這裏指代史冊、史書。在發明和普及紙張之前，人們大多在竹簡上寫字，需要先用火烤乾竹簡的水分，形如青色的竹片出汗，故名汗青。乾燥後的竹片易書寫而且不受蟲蛀，易於保存。

 地理卡片 大海

惶恐灘、零丁洋這兩個地方在哪裏？和文天祥有甚麼關係嗎？

惶恐灘，在今江西省吉安市萬安縣，是贛江中的險灘。1277 年，文天祥在江西被元軍打敗，所率軍隊死傷慘重，妻子兒女也被元軍俘虜。此戰之後，他經惶恐灘撤到福建。

零丁洋，又寫作「伶仃洋」，古地名，即現廣東省珠江口外洋面。1278 年底，文天祥率宋軍在五坡嶺（今廣東省汕尾市海豐縣境內）與元軍激戰，兵敗被俘，囚禁船曾經過零丁洋。

 詩人卡片

姓　　名：文天祥
生卒年：1236—1283 年
字　　號：初名雲孫，字宋瑞，又字履善。道號浮休道人、文山
代表作：
《過零丁洋》《正氣歌》《高沙道中》等
主要成就：
南宋末年政治家、文學家、愛國詩人、抗元名臣，與陸秀夫、張世傑並稱為「宋末三傑」

　　南宋末年，來自北方草原的蒙元正處於全盛時期，亞歐大陸的很多部族、政權都已臣服。偏處中國大陸東南一隅的南宋，抗元鬥爭愈加孤單、愈加艱難。

　　「辛苦遭逢起一經，干戈寥落四周星。山河破碎風飄絮，身世浮沉雨打萍。」這幾句詩，既講述當時國家危亡的歷史背景，也包含了個人的身世際遇。文天祥本是一介書生，但是在山河風雨飄搖之時，身為朝廷重臣，他挺身而出領導抗元鬥爭。

　　論軍事實力，宋廷顯然處於劣勢。文天祥和戰友們轉戰江西、福建、廣東等地。「惶恐灘頭說惶恐」，惶恐灘是江西贛江上游的一處險灘，船經此處人人惶恐。公元 1277 年，文天祥在這裏打了敗仗，妻子兒女都被敵軍俘虜。且戰且退，1278 年年底，文天祥在五坡嶺戰敗被俘。五坡嶺在今廣東省汕尾市海豐縣境內，屬於粵東地區。他的身後，是退無可退的大海。

　　文天祥被囚禁在船上，沿今天的廣東省海岸行進，經過珠江口，也就是零丁洋。今天，珠江口一帶是發達的「粵港澳大灣區」，而在當時，這是一片偏遠荒涼、風浪駭人的南方海域，人們經過此處，備感孤苦伶仃。

　　零丁洋西側有座小山叫厓山，南宋軍民集結於此，準備與蒙元大軍決一死戰。有元將讓文天祥寫信勸降，文天祥作《過零丁洋》詩以明志。「零丁洋裏歎零丁」，他歎的不是自己的命運，而是大宋的渺茫未來。

　　厓山一戰，宋軍大敗，南宋君臣、軍民十多萬人全部投海。文天祥則被送往元大都（今北京）囚禁，在獄中寫下《正氣歌》。元世祖忽必烈很欣賞他，許以高官厚祿，但是文天祥始終不為所動，於 1283 年慷慨就義。

　　「人生自古誰無死？留取丹心照汗青。」文天祥捨生取義，獲得了他嚮往的永生。知其不可為而為之，雖千萬人吾往矣。這樣的人，必然會青史留名、流芳百世。從惶恐灘到五坡嶺，從零丁洋到厓山，這片中國南方的山河大海，會永遠記住文天祥這個名字。

香嶴逢胡賈

明 湯顯祖

不住田園不樹桑，
珘珂衣錦下雲檣。
明珠海上傳星氣，
白玉河邊看月光。

 註釋

嶴： 東南沿海地區稱山間平地為嶴，多用於地名。

胡賈： 外國商人，這裏指在澳門的葡萄牙商人。賈，商人；胡，外國人。

珘珂： 玉石。

雲檣： 如雲的桅杆，形容船多。檣，桅杆。

詩人卡片

姓　名：湯顯祖
生卒年：1550—1616 年
字　號：字義仍，號海
　　　　若、若士、清遠
　　　　道人等
代表作：
《牡丹亭》《邯鄲記》《南柯
記》《紫釵記》(這四部劇
被稱為「臨川四夢」，又
稱「玉茗堂四夢」) 等
主要成就：
明代著名戲曲家、文學家

地理卡片

大海

香嶴是哪裏？為甚麼這裏會有外國商人 (胡賈)？

香嶴，就是澳門。澳門特別行政區，古稱濠鏡、濠江等，簡稱澳。在珠江口西岸，面積 29.2 平方千米，包括澳門半島、氹仔島和路環島。澳門自古以來就是中國領土，原為廣東省香山縣 (今廣東省中山市) 的一個漁村。明嘉靖三十二年 (公元 1553 年)，葡萄牙人藉口曝曬水浸貨物進入澳門。1557 年，葡人通過賄賂地方官員，得以在澳門半島定居。鴉片戰爭後，澳門被葡萄牙侵佔。1999 年 12 月 20 日，中國政府對澳門恢復行使主權，設立澳門特別行政區。

明朝中後期，中國海防鬆弛。此時西方殖民者已經通過海路逼近中國的家門口，不斷蠶食東南沿海的澳門等地。

明萬曆十九年（公元 1591 年），湯顯祖被貶為廣東徐聞縣（今廣東省湛江市徐聞縣）典史，赴任途中經過澳門，仔細體察當地風土人情。當時，葡萄牙人已經進入澳門幾十年，把這裏經營成一處華洋雜處、頗有歐陸風情的港口。在澳門，湯顯祖敏銳地觀察到，這裏的立身之本是商貿業，而不是中國人歷來所倚重的農耕。外國商人，也就是「胡賈」們，「不住田園不樹桑，珮珂衣錦下雲檣」，他們不耕田不種稻，不植桑不養蠶，而是經營東西南北的各種貨物，寶石、絲綢、茶葉、瓷器、香料、海產……

「明珠海上傳星氣，白玉河邊看月光。」來來往往的船隻，滿載各種貨物，連通東洋（日本）、南洋（東南亞）、西洋（印度洋沿岸），乃至更遠的歐羅巴。這裏的商人們穿着華麗衣裳，佩戴貴重珠玉，似乎連河海都沾染上許多珠光寶氣！在澳門的所見所聞，令湯顯祖眼界大開。

這首《香嶴逢胡賈》既是文學作品，也是珍貴的歷史資料。早在五百年前，像湯顯祖這樣的中國人，已經在開眼看世界，體察中西文明的交融，了解西方商業文明和航海文化。

香港感懷（其二）

清 黃遵憲

豈欲珠崖棄，其如城下盟。

帆檣通萬國，壁壘逼三城。

虎穴人雄據，鴻溝界未明。

傳聞哀痛詔，猶灑淚縱橫。

 註釋

珠　崖： 漢武帝於海南島東北部置珠崖郡，治今海南省海口市瓊山區東南，漢元帝時廢棄。這裏指代被割佔的香港。

鴻　溝： 秦末楚漢相爭時曾劃鴻溝為界，後借指疆土的分界。

哀痛詔： 皇帝表達哀痛之情的詔書。詔，皇帝頒發的文書。

姓　名： 黃遵憲
生卒年： 1848—1905 年
字　號： 字公度，別號人境廬主人
代表作：
《馮將軍歌》《今別離》《感事》等
主要成就：
晚清著名愛國詩人、外交家、政治家、教育家。

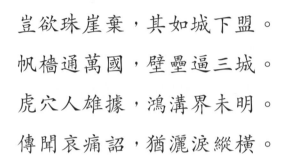

地理卡片 ❀ 大海

這首詩講述的是哪一個地方，哪一段歷史？

這首詩講述的是近代史上，香港被英國割佔的事件。香港位於中國南部，南海之濱，珠江口東側，古稱香江、香海，簡稱港。包括香港島、九龍半島和新界及其他離島，面積 1104 平方千米。香港自古以來就是中國領土，原屬廣東省新安縣（今廣東省深圳市）。1840 年第一次鴉片戰爭後，英國強迫清政府於 1842 年簽訂《南京條約》，割讓香港島。1860 年第二次鴉片戰爭後，英國又迫使清政府簽訂《北京條約》，割讓九龍半島。1898 年，英國逼迫清政府簽訂《展拓香港界址專條》，強租新界。1997 年 7 月 1 日中國政府對香港恢復行使主權，設立香港特別行政區。

香港，本是珠江口東側的一個小漁村。在傳統農耕社會裏，它是自給自足、默默無聞的邊陲一隅。近代以來，它因為地處航路要衝，並且擁有世界級的天然良港，逐漸成為光彩奪目的「東方之珠」。

清同治九年（公元 1870 年），黃遵憲從家鄉廣東嘉應州（今廣東省梅州市）出發，經汕頭走海路前往省城廣州應試，首次途經香港。22 歲的黃遵憲，看到被殖民者割佔 30 年的香港，感慨萬千，寫下一組《香港感懷》，這是其中一首。

「豈欲珠崖棄，其如城下盟。」這裏用到了兩個歷史典故。珠崖郡是西漢時期設置在海南島的一個郡治，因為地處偏遠、民眾反叛等原因，朝廷一度放棄了對這裏的統治。城下之盟，講的是戰國時期，強大的楚國兵臨城下，逼迫弱小的絞國訂立「不平等條約」。

香港是泱泱華夏不可分割的一塊土地，怎麼可能主動丟棄呢？它被割佔，完全是一個弱國的無奈！清朝道光皇帝在鴉片戰爭中妥協投降，造成割地賠款的屈辱局面。到他臨終的時候，還想為自己的懦弱無能辯解，這就是「傳聞哀痛詔，猶灑淚縱橫」的由來。

年輕的黃遵憲不止有憤怒和哀痛，他還對香港的地緣形勢進行了冷靜的觀察。「帆檣通萬國，壁壘逼三城。虎穴人雄據，鴻溝界未明。」萬帆雲集、四海通商的香港，當時已經初露國際大港的雄姿。不過，越是如此，越是要保持警惕，因為這是侵略者覬覦中國的一處堅城堡壘，他們恐怕還要以此為跳板，得寸進尺呢。

香港的所見所聞，令年輕的黃遵憲更加決意「開眼看世界」。後來，他成為一名卓越幹練的外交官，歷任駐日本、英國參贊及舊金山、新加坡總領事，參加過戊戌變法。愈來愈廣闊的眼界，還讓他成為一位不拘古法、銳意創新的詩人，「我手寫我口，古豈能拘牽」是他旗幟鮮明的文學主張。

台灣竹枝詞（選二首）

清　丘逢甲

一年天氣晴和來，四序名花次第開。

手把酒杯酬徐福，如今我輩亦蓬萊。

浮槎真個到天邊，輕暖輕寒別有天。

樹是珊瑚花是玉，果然過海便神仙。

 註釋

徐福： 又名徐市，秦朝方士，齊（今山東）人。傳說秦始皇派遣徐福率領數千童男女尋找海上仙山，徐福一行留在仙山，不再返回。

浮槎： 小木筏。

地理卡片｜大海

　　徐福是中國古代傳說中尋找海上仙山的人。這組詩歌中所描寫的，是哪處「海上仙山」呢？

　　這組詩歌所描述的是台灣島。台灣島是中國第一大島，東瀕太平洋，隔台灣海峽與福建省相望。台灣島略呈梭形，面積超過 3.5 萬平方千米。境內約三分之一為平原，其他為山地。玉山主峯海拔 3952 米，為中國東部最高的山峯。平原有台南平原、宜蘭平原等，盆地有台北盆地、台中盆地。主要河流有濁水溪、淡水河、大甲溪等。台灣島屬熱帶、亞熱帶氣候，溫暖濕潤、降水豐沛、物產豐富，山地有廣大原始森林。

　　台灣島及其附近的澎湖列島、釣魚島、黃尾嶼、赤尾嶼、彭佳嶼、蘭嶼、綠島等諸多小島，自古以來就是中國領土。

 詩人卡片

姓　　名：丘逢甲
生卒年：1864—1912 年
字　　號：字仙根，號蟄仙、仲閼，別署南武山人、倉海君
代表作：
《山村即目》《百字令》《秋懷》《紀夢二首》等
主要成就：
晚清愛國詩人、教育家、抗日保台志士

中國東臨大海，中國人對於「海上仙山」始終有着美好的憧憬。據《史記·秦始皇本紀》記載：「齊人徐市等上書，言海中有三神山，名曰蓬萊、方丈、瀛洲，仙人居之。請得齋戒，與童男女求之。於是遣徐市發童男女數千人，入海求仙人。」徐市就是徐福。民間傳說徐福一行找到了仙山，安居樂業，不再回來。

徐福的真實下落，無人知曉。但是，歷史上確實有許許多多像徐福一樣的中國人，不畏艱險探索「海上仙山」，開闢新的家園。明清以來的數百年間，福建、廣東一帶有諸多民眾渡海來到台灣，在這裏定居。這其中，就有從廣東鎮平（今廣東省梅州市蕉嶺縣）前往台灣的丘氏家族。丘家在台灣繁衍生息，後代中出了一位著名詩人——丘逢甲。

生長在台灣的丘逢甲，十分熱愛自己的家鄉。他在詩中言：「輕暖輕寒別有天」；「樹是珊瑚花是玉」。這裏物產豐富，氣候宜人，百姓在此安居樂業，真是神仙一般的生活！中國人敬重祖先、感恩先輩。每逢佳節，丘逢甲會和族人一起來到祠堂，「手把酒杯酬徐福，如今我輩亦蓬萊。」遙想先祖渡海之時，是怎樣的驚濤駭浪，怎樣的出生入死。「浮槎真個到天邊」，很多人就是靠着小帆船、小木筏來到這天涯海角呀！「果然過海便神仙」，可以想象，先人踏上寶島的第一步，是怎樣的好奇和驚喜！

《竹枝詞》裏的台灣，桃花源般的生活，後來被侵略者的槍炮聲打破。1895 年，中國在甲午戰爭中戰敗，被迫割讓台灣給日本。丘逢甲和鄉人奮起反抗，無奈寡不敵眾，率眾退回廣東祖籍。次年，他沉痛地寫下《春愁》：「春愁難遣強看山，往事驚心淚欲潸。四百萬人同一哭，去年今日割台灣。」念念不忘，必有回響。半個世紀後，寶島台灣終於回到祖國懷抱。

中國名山

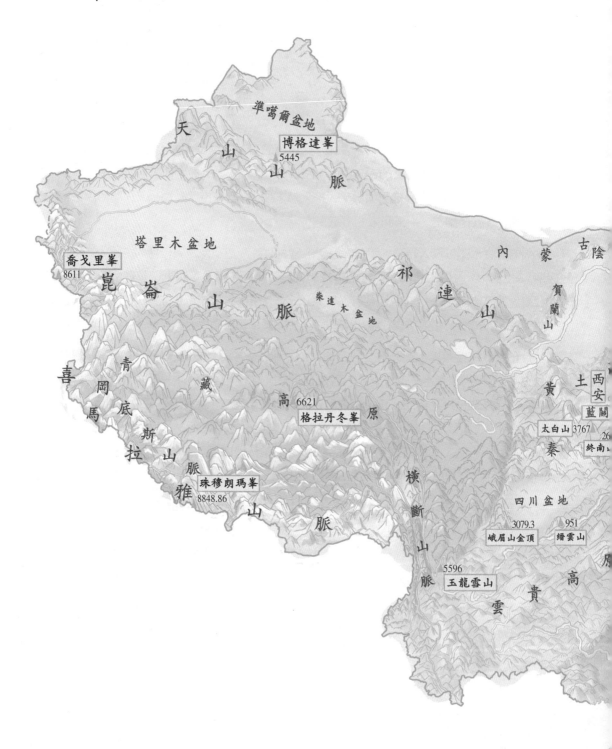

準噶爾盆地

天山山脈

博格達峯
5445

塔里木盆地

喬戈里峯
8611

崑崙山脈

柴達木盆地

祁連山

內蒙古陰

賀蘭山

黃

西安

藍關

喜

岡底斯山脈

青藏高原

格拉丹冬峯
6621

橫斷山脈

太白山 3767

秦

終南

馬

雅山脈

珠穆朗瑪峯
8848.86

四川盆地

3079.3   951

峨眉山金頂   縉雲山

5596

玉龍雪山

雲

貴高原

大興安嶺

小興安嶺

東北平原

長白山

燕山

軒轅山
6.1

北京

渤海

3061.1
五台山

太行

華北平原

1532.7
泰山

黃海

1491.7
嵩山

原

敬亭山
霞幕山

普陀山

九華山
1344.4

平游

286.3

黃山

1864.8

東海

中下
1473.4
盧山

鵝湖山

武

山夷山

300.2

衡山

嶺

浮山
281.2

惠州

潮州

中央玉山山
3952脈

惠州

南

海

南海諸島

南海

山地

丘陵

盆地

高原

平原

第五章　名山

「智者樂水，仁者樂山。」這是獨屬於中國
人的山水精神，也是中國的名山大川給予世人
的智慧和快樂。

中國是一個多山的國家，中國人和山在情
感上十分親近。在中國的各類地形中，山地面
積約佔陸地面積的三分之一，加上高原，兩者
約佔 60%。三山五嶽、太行王屋、黃山匡廬、
青城峨眉、終南太白、喜馬拉雅、喀喇崑崙、
珠穆朗瑪、慕士塔格，名山大川遍中華。

因為親近，所以熱愛。中國的山，不僅是
地理的存在，更是詩意的存在。讓我們一起跟
隨詩人的腳步，來遊覽中國的名山大川吧！

望嶽

唐 杜甫

岱宗夫如何？齊魯青未了。

造化鍾神秀，陰陽割昏曉。

蕩胸生層雲，決眥入歸鳥。

會當凌絕頂，一覽眾山小。

 註釋

夫：語氣詞。

造化：大自然。

鍾：聚集。

神秀：天地之靈氣，神奇秀美。

決眥：眼角幾乎要裂開。眥，眼角。

岱宗在哪裏，它跟齊魯又有甚麼關係？

岱宗，是東嶽泰山的別稱。泰山位於今山東省東部，綿延約 200 千米，主峯玉皇頂在山東省泰安市北，海拔 1532.7 米。山峯突兀峻拔，雄偉壯麗。古代齊魯兩國以泰山為界，齊國在泰山北，魯國在泰山南。泰山地處華夏文明的核心區，自古以來為人們所仰視；而它所在的齊魯地區，周邊大多地勢低平，這更加襯托了泰山的雄偉高大。

泰山還是「五嶽」之首。五嶽是中國五大名山的總稱，五嶽之說始於漢武帝。漢宣帝確定以今天的河南嵩山為中嶽、山東泰山為東嶽、安徽天柱山為南嶽、陝西華山為西嶽、河北曲陽恆山為北嶽。其後又改今湖南衡山為南嶽。明代開始，以今山西渾源的恆山為北嶽。

「岱宗夫如何？齊魯青未了。」泰山是古齊國、魯國的天然分界線。齊國是西周開國功臣、具有神話色彩的姜子牙的封地。後來，「春秋五霸」之一齊桓公、名相管仲的故事也發生在齊國。魯國則是穩固西周政權的第一功臣周公旦的封地。後來，魯國誕生了一位偉大的人物——孔子。關於孔子，有一則著名的典故：孔子登東山而小魯，登泰山而小天下。

再後來，秦始皇、漢武帝、唐玄宗等帝王，都曾到泰山舉行封禪，用最高規格來祭拜天地山嶽。

泰山，就在這麼悠久厚重的歷史、這麼多大人物的加持下，成為中華民族的一種精神象徵。

大唐開元盛世，春末夏初，杜甫，一位二十幾歲的詩人，一位壯遊全國的年輕人，懷着濟世報國的理想，循着先賢的腳步，登上了中國人的「聖山」——泰山。此時的齊魯大地，一片草木蔥蘢、生機勃勃的景象。「造化鍾神秀，陰陽割昏曉。」老天爺鍾愛這片神奇秀麗的土地，太陽照在高山的陽面，在平原上投下巨大的陰影。「蕩胸生層雲，決眥入歸鳥。」白雲就在胸前飄蕩，飛鳥在眼前箭一般穿越。

巍巍泰山，令年輕的杜甫感到前所未有的震撼。「會當凌絕頂，一覽眾山小。」這一聯將泰山的雄姿和氣勢刻畫得淋漓盡致，同時也表現出杜甫自己的心胸和抱負。以泰山為首的中國名山，它們的高大巍峨、神奇秀麗，它們的風骨與品格，不僅是地理的，也是人文的。

歸嵩山作

唐 王維

清川帶長薄，車馬去閒閒。

流水如有意，暮禽相與還。

荒城臨古渡，落日滿秋山。

迢遞嵩高下，歸來且閉關。

 註釋

薄：草木叢生之地。

閒閒：從容自得的樣子。

暮禽：傍晚的鳥兒。

迢遞：遙遠的樣子。遞：形容遙遠。

> 地理卡片 —— 名山
>
> 「迢遞嵩高下，歸來且閉關。」王維閉關修煉的地方，除了終南山，還有嵩山嗎？
>
> 確實如此。中嶽嵩山又稱「嵩高」，在今河南省鄭州市登封市北，由太室山、少室山等組成，山巒起伏，有七十二峯，東西綿延 60 千米。嵩山主峯為峻極峯，又稱嵩頂，海拔 1491.7 米。
>
> 嵩山臨近古都洛陽，自南北朝起即為宗教、文化重地，名勝古跡有中嶽廟、嵩嶽寺塔、嵩山三闕、觀星台、少林寺等。

提起中嶽嵩山，很多人的第一反應，是嵩山少林寺；而提起少林寺，很多人的第一反應，是少林功夫。

其實，嵩山不止有少林寺，少林寺也不止有少林功夫。五嶽之中，嵩山地處天地之中，地位從未動搖過。這是因為，嵩山所處的河南一帶，是華夏文明的濫觴之地。嵩山距離古都洛陽很近，近水樓台先得月，更加容易引人注目。洛陽地處伊洛盆地，伊河、洛河穿城而過，詩中所謂「清川帶長薄」，「流水如有意」，「清川」和「流水」就指伊河。

嵩山的美，不僅在於自然風景，還在於它是人文和宗教聖地。西漢末年到東漢初年，佛教傳入中國並傳到中原，其後不斷發展壯大。當時的政治中心在洛陽，洛陽周邊，包括嵩山在內，開始成為寺院和高僧的雲集地。洛陽的白馬寺、伊河兩岸的龍門石窟和嵩山少林寺等佛教「地標」互相輝映。這其中，著名的少林寺始建於北魏時期，是中國禪宗的祖庭，禪宗始祖達摩的修煉地。「少林」之名，即因其坐落在嵩山腹地的少室山而來。

到了唐朝，東都在洛陽，嵩山香火依然旺盛。王維是虔誠的佛教徒，經常「一言不合」就隱居。王維的隱居之地並非只有長安附近的終南山和輞川。在東都洛陽之時，他會選擇前往嵩山。「迢遞」是形容嵩山高遠的山勢，也符合詩人王維退居歸隱的淡泊心境。

歸隱嵩山，心情是閒適恬淡的，於是「車馬去閒閒」；歸隱嵩山，飛禽走獸都是我的同道者，於是「暮禽相與還」；歸隱嵩山，正是秋高氣爽好時節，於是「落日滿秋山」；歸隱嵩山，滾滾紅塵愈來愈遠，這便是「歸來且閉關」……

行經華陰

唐 崔顥

岧嶢太華俯咸京，天外三峯削不成。

武帝祠前雲欲散，仙人掌上雨初晴。

河山北枕秦關險，驛路西連漢畤平。

借問路旁名利客，何如此處學長生？

 註釋

岧 嶢：山勢高峻的樣子。

驛 路：指交通要道。

名利客：指追名逐利的人。

學長生：指隱居山林，求仙學道，尋求長生不老。

地理卡片二｜名山

「岧嶢太華俯咸京，天外三峯削不成。」如此險峻的山峯，是在甚麼地方呢？

這首詩所描述的是華山。華山是五嶽中的西嶽，位於陝西省東部，屬秦嶺東段，因遠望如花，故名「華山」。華山主峯太華山，在今華陰市南，海拔 2154.9 米。蓮花、落雁、朝陽、玉女、雲台等山峯聳列，峻秀奇險。華山的山路崎嶇，上接藍天，下臨深淵，層巒疊嶂，彩翠雲濤，景色極為壯觀。

詩中提到了很多與華山有關的地名。華陰，即今陝西省渭南市華陰市，位於華山北面。太華，是華山的別稱。咸京原指秦朝都城咸陽，這裏借指唐都長安。三峯，指華山的三座主要山峯。武帝祠，即巨靈祠，漢武帝登華山頂後所建，是帝王祭天地、五帝之祠。仙人掌，峯名，為華山最陡峭的一峯。秦關，指秦代的潼關。一說是函谷關，故址在今河南省三門峽市靈寶市，位於華陰市以東。

　　中國的五嶽之中，南嶽、北嶽都曾有過變更，而東嶽泰山、中嶽嵩山、西嶽華山，它們的地位始終穩固。之所以穩固，是因為它們地處華夏文明的核心區域，必然更早地被人們所關注和重視。

　　漢唐時期，都城大部分時間都在長安。長安之於華山，正如洛陽之於嵩山，它們之間是彼此成就的。「岧嶢太華俯咸京，天外三峯削不成。」登上華山三大主峯，雄偉帝都一覽無餘，這樣天造地設的觀景台，自然沒有人可以忽視。漢武帝、唐玄宗等帝王，都曾從長安到華山舉行隆重的祭拜活動。

　　五嶽各有特色。提起泰山，人們想到「雄」；提起華山，人們想到的是「險」，自古華山天險一條路。「武帝祠前雲欲散，仙人掌上雨初晴。」這裏的仙人掌，當然不是指進入中國的外來植物，而是一座山峯的名字。華山各峯都如刀削，這其中最險峭的一峯，就號稱「仙人掌」。

　　崔顥的這首詩名叫《行經華陰》，題目就透露了一個重要信息：華山不僅緊鄰帝都，而且地處交通要道。在當時，人們想要從關東進入關中，進而前往長安，首先就要經過雄關潼關，而北邊是波濤洶湧的黃河，在官道旁就可以看到歷朝歷代的祠廟樓堂。這些景觀，正所謂「河山北枕秦關險，驛路西連漢時平」！

　　華山，尤其是它的主峯之一蓮花峯，自古也是修道成仙的勝地。「修仙達人」李白就曾在《古風·其十九》中寫道：「西上蓮花山，迢迢見明星。素手把芙蓉，虛步躡太清。」所以，崔顥在這裏也不禁發出了「靈魂之問」：「借問路旁名利客，何如此處學長生？」

終南山

唐 王維

太乙近天都，連山接海隅。

白雲回望合，青靄入看無。

分野中峯變，陰晴眾壑殊。

欲投人處宿，隔水問樵夫。

 註釋

海隅：海邊。終南山並不到海，此為誇張之詞。

青靄：山中的雲霧。靄：雲氣。

分野：古天文學名詞。古人以天上的二十八個星宿的位置來區分中國境內的地域，
被稱為分野。地上的每一個區域都對應星空的某一處分野。

壑：山谷。

殊：不同。

終南山，是高人隱居和修行的妙境。終南山的首席「代言人」，必須是王維。王維有關終南山的作品很多，比如《山居秋暝》，比如《終南別業》，比如收錄了《鹿柴》《辛夷塢》《竹裏館》等詩篇的《輞川集》。然而，如果要說對終南山有一個總體性的描述，就要數這一首《終南山》。

終南山的地理方位是「太乙近天都，連山接海隅。」終南山靠近帝都長安，而且是在城南，所以，對長安人來說，「開門見山」就是日常。終南山是巍巍秦嶺的一部分，莽莽秦嶺，在今天的陝西省境內綿延數百里。後來的地理學家發現，秦嶺和淮河一起，形成中國地理的南北分界線。秦嶺加淮河，還真是「連山接海隅」。

終南山的自然環境則是「白雲回望合，青靄入看無。」因為山高，雲氣豐沛。遠望雲霧繚繞，彷彿一片白雲的海洋；進入山中，卻若有若無。王維好像在對你說：「若要體驗這樣的妙境，何不隨我一起去隱居修行？」

「分野中峯變，陰晴眾壑殊。」秦嶺東西綿遠，南北遼闊。唐朝人是不是已經隱約感覺到，秦嶺的南北兩側自然風貌顯著不同，進而意識到這是黃河、長江的分水嶺，這是中國南北的分界線？

「欲投人處宿，隔水問樵夫。」終南山宏偉壯觀，一日賞之不盡。詩人還要留宿山中，則有問樵夫之語。而妙就妙在，詩人並非當面對問，而是「隔水」相問，若即若離，頗有禪意。這番詩情，又似一幅有景有人，意境清新的山水畫作。

終南望餘雪

唐　祖詠

終南陰嶺秀，
積雪浮雲端。
林表明霽色，
城中增暮寒。

 註釋

餘雪： 未融化之雪。

陰嶺： 北面的山嶺，背向太陽，故曰陰。

林表： 林外，林梢。

霽： 雨、雪後天氣轉晴。

終南山是秦嶺的一部分。那麼終南山是秦嶺的最高峯嗎？除了終南山，秦嶺還有哪些著名山峯？

終南山雖然名氣很大，但它不是秦嶺的最高峯。秦嶺的最高峯是太白山，位於秦嶺西段，在今陝西省寶雞市太白縣境內，海拔 3767 米。李白在《蜀道難》中寫道：「西當太白有鳥道，可以橫絕峨眉巔」，就是形容太白山的高峻。此外，西嶽華山也屬於秦嶺山系，位於秦嶺東段。終南山位於太白山、華山之間，處於居中位置。

地理卡片 —— 名山

 詩人卡片

姓　名：祖詠
生卒年：699—746 年
字　號：不詳
代表作：
《終南望餘雪》《望薊門》
《七夕》等
主要成就：唐代詩人

詩說

王維是在山中看山，祖詠則是在城中看山。

當年，這位叫祖詠的年輕人參加科舉考試，望着長安城裏城外的雪，寫下了這首《終南望餘雪》。關於這首詩，還有一個小典故。考試要求寫五言長律，考官問祖詠：為啥四句就結束了？他的回答很有趣：詩歌的內容已經表達完整，何須贅述？結果，堅持自我的祖詠沒有被錄取。但是，他的這首詩被廣大讀者「錄取」了，並且流傳至今。

地處長安城南郊的終南山，是長安人一年四季心心念念的後花園。冬日，一夜大雪後，太陽初升，萬物分外明媚。遠望終南山，面向長安城的北坡因為沒有陽光的照射，跟周遭的景物對比起來有了明暗的分別。山巔的積雪，彷彿飄浮在雲端一樣。

「林表明霽色，城中增暮寒。」白雪反射光線，增添幾分亮色。祖詠與他同時代的人，也許已經留意到一種自然現象：下雪的時候有點兒冷，雪後感到很冷，待到雪化的時候還會更冷。正如俗諺所說：「下雪不冷消雪冷。」

千年之前的文學表達，如今獲得了科學解釋：下雪的時候，雪的溫度比先前環境的溫度低，伴隨着降雪，當地逐漸受冷氣團控制，由於積雪的反射作用，地面吸收的太陽輻射減少，地表溫度進一步下降；當積雪融化的時候，會吸收周圍環境大量熱量，人體會感覺到更寒冷。

終南望餘雪，遠觀雪晴日的終南山，近看暮色中的長安城。雪，為山增添了一層素淨；山，為城增添了幾分意境。

左遷至藍關示姪孫湘

唐 韓愈

一封朝奏九重天，夕貶潮州路八千。

欲為聖明除弊事，肯將衰朽惜殘年。

雲橫秦嶺家何在？雪擁藍關馬不前。

知汝遠來應有意，好收吾骨瘴江邊。

 註釋

左　遷：降職，貶官，指作者被貶到潮州。

湘：韓愈的姪孫韓湘。韓愈被貶之時，韓湘遠道趕來跟隨韓愈南遷。

一　封：指一封奏章，即韓愈的《論佛骨表》。

朝　奏：早晨送呈奏章。

九重天：古稱天有九層，第九層最高，此指朝廷、皇帝。

弊　事：政治上的弊端，指當時唐憲宗迎佛骨事。

衰　朽：衰弱多病。

瘴　江：嶺南瘴氣瀰漫的江流。瘴，指南方山林中能致人疾病的濕熱有毒氣體。

地理卡片 ◎ 名山

「雲橫秦嶺家何在？雪擁藍關馬不前。」秦嶺在中國的甚麼位置？藍關又在秦嶺的甚麼方位？

秦嶺是橫亙中國中部，東西走向的古老山脈，因歷史上曾為秦國之地，故名秦山或秦嶺。它是渭河、淮河和漢江、嘉陵江的分水嶺，也是中國地理的南北分界線。

秦嶺又有廣義、狹義之分。廣義的秦嶺西起甘肅、青海，東到河南省中部，全長 1500 千米。狹義的秦嶺則僅指陝西省境內的一段，東西長 400~500 千米，南北寬約 200 千米，平均海拔在 1500 米以上，其山間谷地為南北交通要道。

藍關是古關隘名，在今陝西省西安市藍田縣東南，地處秦嶺，自古以來是關中平原通往南陽盆地的交通要隘。

詩人卡片

姓　　名：韓愈

生卒年：768—824 年

字　　號：字退之，世稱昌黎先生、韓吏部、韓昌黎、韓文公

代表作：

《進學解》《柳子厚墓誌銘》《送李願歸盤谷序》《左遷至藍關示姪孫湘》等

主要成就：

唐代文學家、哲學家，古文運動的倡導者，「唐宋八大家」之首，與柳宗元並稱「韓柳」

唐元和十四年（公元 819 年）正月，唐憲宗將一節「佛骨」迎入宮廷供奉，並送往各寺廟，要求官民敬香禮拜。時任刑部侍郎的韓愈寫了一封奏章《論佛骨表》，勸阻唐憲宗，認為此舉對國家無益。

不料，韓愈的做法觸怒了皇帝，他被貶為偏遠的潮州刺史，朝廷責令其即日赴任，這就是「一封朝奏九重天，夕貶潮州路八千」。潮州（今廣東省潮州市）地處東南沿海，從長安前往潮州，千里迢迢，水陸兼程，需要跨越大半個中國。韓愈匆忙上路，他的姪孫韓湘聞訊趕來，陪同韓愈踏上漫漫長路。

韓愈從長安出發，首先要通過藍關，翻越秦嶺。「雲橫秦嶺家何在？雪擁藍關馬不前。」此時正值寒冬臘月，大雪紛飛，愁雲慘霧。藍關，得名於其所在的藍田縣。過了藍關，就算告別長安，告別關中，告別熟悉的家園。不要說人，就連馬兒都躑躅不前。

韓愈後面的路程大約是：從藍關到南陽再到襄陽；在襄陽換水路，順漢江而下，進入長江；再順長江而下，從鄱陽湖口進入贛江；逆贛江而上，到贛江上游登陸；翻越南嶺，最終到達潮州。

光看這條線路，就令人頭皮發麻。韓愈後悔嗎？害怕嗎？「欲為聖明除弊事，肯將衰朽惜殘年。」事實上，從呈上奏章的那一刻，他就已料想到後果的嚴重性。但他「雖九死其猶未悔」，忠心可鑑日月。

「知汝遠來應有意，好收吾骨瘴江邊。」韓湘呀韓湘，我知道你來送我是甚麼意思，是為了將來在瘴癘遍地的嶺南蠻荒之地，收拾我的遺骨啊。

幸運的是，韓愈並沒有死在路上，也沒有死在潮州。在潮州任上，韓愈愛惜百姓，恪盡職守。有條大江流經潮州入海，當時名為「惡溪」、「鱷溪」，也就是韓愈所說的「瘴江」。江中有鱷魚害人害畜，韓愈派人加以驅趕，並寫下流傳千古的《祭鱷魚文》。

潮州的這條「惡溪」、「瘴江」，後來因韓愈而得名韓江。唐宋年間，因被貶嶺南而帶來一方文化繁盛、文脈澤被千年的，一位是被貶潮州的韓愈，還有一位是被貶惠州、海南的蘇東坡——這就是文化的力量。

苦寒行

三國　曹操

北上太行山，艱哉何巍巍！
羊腸阪詰屈，車輪為之摧。
樹木何蕭瑟，北風聲正悲。
熊羆對我蹲，虎豹夾路啼。
溪谷少人民，雪落何霏霏！
延頸長歎息，遠行多所懷。
我心何怫郁，思欲一東歸。
水深橋樑絕，中路正徘徊。
迷惑失故路，薄暮無宿棲。
行行日已遠，人馬同時飢。
擔囊行取薪，斧冰持作糜。
悲彼《東山》詩，悠悠使我哀。

 註釋

羊腸阪：太行山上的阪道，以阪道盤旋彎曲如羊腸
　　　　而得名。「阪」，是斜坡的意思。

詰　屈：曲折盤旋。

羆：熊的一種。

霏　霏：雪下得很盛的樣子。

延　頸：伸長脖子。

怫　郁：愁悶不安。

擔　囊：挑着行李。

行取薪：邊走邊拾柴。

斧　冰：以斧鑿冰取水。

糜：稀粥。

《東山》：指《詩經》中的《東山》一詩。此詩描述戰士離鄉
　　　　三年，在歸途中思念家鄉。

地理卡片　名山

太行山在甚麼地方？它對中國的自然和人文地理有甚麼影響？

太行山是古老的山脈，呈東北—西南走向，綿延 400 餘千米。它的西面，是位於中國地理第二階梯的黃土高原；它的東面，則是第三階梯的華北平原。太行山海拔 1000 米以上，北段高峯小五台山 2882 米，為河北省最高峯。山中有紫荊關、娘子關、壺關等雄關，野三坡、蒼岩山等風景區。多橫谷，為東西交通孔道，有太行陘、白陘、井陘等「太行八陘」。

太行山在中國的存在感，不亞於長江、黃河。比如，中國有湖南省、湖北省，它們因洞庭湖得名；有河南省、河北省，它們因黃河得名；也有山東省和山西省，它們因太行山得名。其實，太行山主要位於山西、河北兩省之間，與山東省並無關聯，但是，這並不妨礙太行山為「大山東」定位。

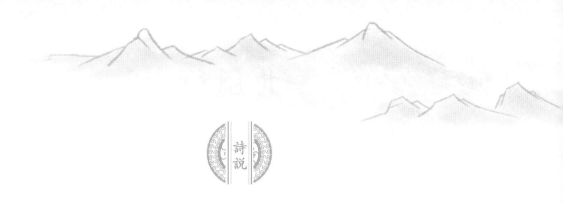

　　曹操，既是政治家、軍事家、文學家，也是一位優秀的地理學家和博物學家。他在行軍打仗的途中，總也不忘觀察地形、地貌和動物、植物。公元 206 年初，曹操帶兵征討并州刺史高幹，大軍經過太行山。

　　「北上太行山，艱哉何巍巍！」巍巍太行，看上去很美，走起來真累！「羊腸阪詰屈，車輪為之摧。」山路崎嶇，車馬難行，可見行軍艱險。「熊羆對我蹲，虎豹夾路啼。」山中野獸橫行，令人毛骨悚然。

　　戰士們是怎樣一種狀態呢？「擔囊行取薪，斧冰持作糜。」你挑着擔，我牽着馬；路上要埋鍋造飯，一路走一路撿拾柴火；沒有水，只能用斧子鑿冰塊，用來煮粥吃。情景如此真切，令人心生悲涼。

　　面對此情此景，曹操油然而生對於大眾蒼生的悲憫，對於天下太平的企盼。翻開《詩經》，那首著名的《東山》詩映入眼簾：「我徂東山，慆慆不歸。我來自東，零雨其濛。我東曰歸，我心西悲……」

　　這首《東山》情感淒苦，深切反映了戰爭給人民帶來的深重苦難。曹操藉此表達對廣大士卒連年征戰、生活艱苦的同情悲憫。然而，太行之高、行軍之苦、野獸之威、風雪之害，這些並不能摧毀詩人樂觀自信、不畏艱苦的奮發精神。太行山上《苦寒行》，這是反映人與自然搏擊的「勇士之歌」。

北風行

唐 李白

燭龍棲寒門，光曜猶旦開。

日月照之何不及此？惟有北風號怒天上來。

燕山雪花大如席，片片吹落軒轅台。

幽州思婦十二月，停歌罷笑雙蛾摧。

倚門望行人，念君長城苦寒良可哀。

別時提劍救邊去，遺此虎文金鞞靫。

中有一雙白羽箭，蜘蛛結網生塵埃。

箭空在，人今戰死不復回。

不忍見此物，焚之已成灰。

黃河捧土尚可塞，北風雨雪恨難裁。

 註釋

北風行：樂府曲調名，內容多寫北風雨雪、行人不歸的傷感之情。

燭　龍：中國古代神話傳說中的龍。人面龍身，居住在不見太陽的極北的寒門，睜眼為晝，閉眼為夜。

曜：照耀，明亮。

雙蛾：女子的雙眉。雙蛾摧，雙眉緊鎖，形容悲傷、愁悶的樣子。

鞞靫：箭袋。

地理卡片 ☷ 名山

詩中提到的燕山、幽州、軒轅台，都在甚麼地方呢？

這些地方，都位於今天的華北地區。燕山是山脈名，因古燕國得名。它位於華北平原的北側，呈東西走向，由潮白河河谷直至山海關，地跨今北京、河北等地，海拔 400~1000 米，主峰霧靈山 2116 米。山中多隘口，如古北口、喜峯口等，為南北交通孔道。

燕山的北面是內蒙古高原，東面是遼河平原。在古代，燕山一線屬於苦寒邊陲之地。燕山腳下的幽州（今北京市一帶），即春秋戰國時期的燕國地，轄今北京、河北北部及遼寧一帶。直到唐朝，這裏依然是邊境重地。

軒轅台是紀念黃帝的建築物，故址在今河北省張家口市涿鹿縣境內。「軒轅」是黃帝的名號。

每當人們說李白是一位浪漫主義詩人，善於運用誇張手法，一般都會舉這個例子——「燕山雪花大如席」。你見過席子那麼大的雪花嗎？沒有。但是，燕山的雪花之大、冰雪之盛，卻通過這麼誇張的詩句，直觀形象地呈現在我們眼前。這首《北風行》，就是李白筆下的《冰與火之歌》！

「燭龍棲寒門，光曜猶旦開。」燭龍，是一個與北方有關的古老傳說。《山海經》裏有多處記載了這種神獸：「鍾山之神，名曰燭陰，視為晝，瞑為夜，吹為冬，呼為夏，不飲，不食，不息，息為風。身長千里。」燭陰就是燭龍，它的眼睛一開一合，就是一晝一夜；它的氣息一吐一納，就是一冬一夏……這真是無與倫比的想象力！

「燕山雪花大如席，片片吹落軒轅台。」軒轅台是紀念黃帝的建築物，是至高無上的神聖之地。傳說，軒轅台就在燕山一帶。這白茫茫一片的世界，令軒轅台更加聖潔！

北地燕山，這裏不僅有關於燭龍、軒轅的神話傳說，還有令人垂淚的民間故事：

「幽州思婦十二月，停歌罷笑雙蛾摧。」大雪封門，幽州思婦，她眉頭緊鎖，愁腸百結，她在憂愁甚麼？「倚門望行人，念君長城苦寒良可哀。」倚門北望，燕山之巔有長城，原來是夫君守關隘，飲馬長城窟。

「別時提劍救邊去，遺此虎文金鞞靫。中有一雙白羽箭，蜘蛛結網生塵埃。」丈夫臨走之時，提劍出門，快馬飛奔，匆匆忙忙，來不及兒女情長。如今，家中留下一副精美的箭袋，袋中一支白羽箭。不知不覺中，蜘蛛結網，塵埃暗生。

「箭空在，人今戰死不復回。不忍見此物，焚之已成灰。」睹物思人，黯然神傷。思婦絕望痛苦的心情於此可見。「黃河捧土尚可塞」雖是一句誇張之語，但仍令人感到滿腔悲憤噴薄而出，驚心動魄！「奔流到海不復回」的黃河尚可填塞，思婦的愁怨卻無法彌補。這首詩中的北風雨雪，不僅是客觀的環境描寫，更象徵着思婦心中的愁怨。原來，戰爭帶給人們的痛苦是如此深重！

聽蜀僧濬彈琴

唐 李白

蜀僧抱綠綺，西下峨眉峯。

為我一揮手，如聽萬壑松。

客心洗流水，餘響入霜鐘。

不覺碧山暮，秋雲暗幾重。

 註釋

蜀僧濬：名叫濬的蜀地和尚。蜀，今四川省一帶。

綠　綺：琴名。相傳西漢司馬相如有一張叫做綠綺的琴。

萬壑松：指山谷裏的松聲，這裏比喻琴聲。壑：山谷。

地理卡片 ｜ 名山

「蜀僧抱綠綺，西下峨眉峯。」蜀僧濬來自峨眉山，那麼峨眉山與佛教有甚麼關聯呢？

峨眉山在今四川省樂山市峨眉山市境內，是著名的風景名勝、佛教聖地。因有山峯相對如女子蛾眉，故名。主峯峨眉山金頂海拔3079.3米。峯巒挺秀，山勢雄偉，號稱「峨眉天下秀」。傳說，峨眉山是佛教普賢菩薩顯靈說法的道場。峨眉山與九華山（在今安徽省，地藏菩薩道場）、五台山（在今山西省，文殊菩薩道場）、普陀山（在今浙江省，觀音菩薩道場）合稱中國佛教四大名山。

　　蜀地是李白的故鄉，峨眉是蜀地的「地標」。對於蜀地的山川風物，李白始終懷有深切的眷戀。青年時代出蜀，他曾寫過《峨眉山月歌》：「峨眉山月半輪秋，影入平羌江水流。」他又曾在《登峨眉山》中寫道：「蜀國多仙山，峨眉邈難匹。」李白了解峨眉山：同泰山的雄偉不同，和華山的奇險也不同，峨眉山的氣質是雋秀巍峨、卓爾不群。這種氣質，也是蜀地的氣質，李白的氣質。

　　峨眉山是佛教名山，此處高僧雲集。僧濬是高僧，他的出場就不一般：「蜀僧抱綠綺，西下峨眉峯。」一張琴，極其瀟灑地夾在僧袍下，僧濬彷彿騰雲駕霧的仙人，舉重若輕，飄然而至。

　　「為我一揮手，如聽萬壑松。」僧濬一出手，更顯不凡。他看似漫不經心地在琴弦上那麼一拂、一揮，低沉而極具穿透力的聲波便滾滾而來，正像遍佈峨眉山懸崖峭壁的松林，在秋風中發出陣陣松濤。他們一定是挑選了一個回音和混響效果特別好的山坳，就像現代最科學、最講究的音樂廳一樣，才會有這樣的藝術效果。

　　在這天造地設的演奏場裏，僧濬微閉雙目，雙手撥弄琴弦；李白同樣微閉雙目，打着節拍。他們如癡如醉，忘記了時間的流逝。猛一睜眼，只見紅日西墜，暮靄沉沉。餘音繞樑，三日不絕，這是峨眉的高山和流水，這是伯牙與子期，這也是彈琴者與聽琴者之間自然的感情交流。

夜雨寄北

唐 李商隱

君問歸期未有期，
巴山夜雨漲秋池。
何當共剪西窗燭，
卻話巴山夜雨時。

 註釋

寄北： 寫詩寄給北方的親友。李商隱當時在巴地，他的親友在長安，所以說「寄北」。

秋池： 秋天的池塘。

卻話： 回頭說，追述。

地理卡片 ❖ 名山

千百年來，「巴山夜雨漲秋池」的意境引得人們心馳神往。那麼，巴山在甚麼地方呢？

巴山，又稱大巴山，其所指有廣義、狹義之區別。廣義的大巴山是綿延四川、重慶、甘肅、陝西、湖北等省市邊境山地的總稱，為四川、漢中兩盆地的界山。其山系自西北而東南，包括摩天嶺、米倉山和武當山等，海拔 2000~2500 米。狹義的大巴山，指漢水支流任河谷地以東，重慶、陝西、湖北三省市邊境的山地。其最高峯神農頂海拔 3106.2 米，在湖北省神農架林區境內。

 詩人卡片

姓　名：李商隱
生卒年：813—858 年
字　號：字義山，號玉溪生，又號樊南生
代表作：
《錦瑟》《賈生》《無題》《夜雨寄北》等
主要成就：
晚唐著名詩人，與杜牧合稱「小李杜」

　　李商隱是一位才氣「爆棚」的詩人。不過,他在仕途上卻屢遭磨折,一生鬱鬱不得志,曾經不得不遠赴巴蜀、嶺南等地謀職。寫作這首《夜雨寄北》的時候,他遠離家人,在梓州(今四川省綿陽市三台縣)的東川節度使門下做幕僚。

　　當時,從都城長安所在的關中盆地出發,李商隱需要先向南翻越秦嶺,來到漢中盆地;接着向南,翻越大巴山,通過劍閣雄關,進入四川盆地。他這一路,也是歷史上由秦入蜀的經典路線,從地形上看,就是「三盆夾兩山」:關中盆地─秦嶺─漢中盆地─大巴山─四川盆地。

　　涪江穿梓州而過,匯入嘉陵江,嘉陵江再匯入長江。這裏的山水,就是巴山蜀水。巴、蜀是兩個古國,巴國在今重慶市一帶,蜀國在今四川省成都市一帶。直到今天,我們還是習慣用巴蜀來代稱這一地區。

　　巴蜀地區的氣候,是多雨多霧,難見日頭。秋雨綿綿,一連下了多日,沒有停歇的跡象。李商隱是一個敏感細膩的詩人,天涯孤旅,百無聊賴的夜晚,臥聽秋雨沙沙,打在芭蕉葉上;無數次挑落燈花,夢中囈語,夢中相逢。

　　寂寞難耐,提筆寫信。收信人是誰,也許是妻子,也許是友人,後人已經無法確切考證。信的內容又如何呢?

　　從詩文來推測,詩人在憧憬返回故鄉後的情形,與家人或朋友一同在西屋的窗下賞月聊天,秉燭夜談,聊一聊他在巴山蜀水的見聞,共剪燈花。

望廬山瀑布

唐 李白

日照香爐生紫煙，
遙看瀑布掛前川。
飛流直下三千尺，
疑是銀河落九天。

地理卡片 名山

廬山在甚麼地方？詩中的「香爐」指的是甚麼呢？

廬山又稱匡山、匡廬，在今江西省九江市南部，地處長江南岸、鄱陽湖畔，周邊水系發達。廬山群峯林立、飛瀑流泉、林木葱蘢、雲海瀰漫，集雄奇秀麗為一體，夏季涼爽宜人。廬山的主峯漢陽峯海拔 1473.4 米，詩中提到的「香爐」是廬山的一座山峯，因形似香爐而得名。

詩說

　　盧山是中國最負盛名的避暑勝地之一。李白是旅行達人，他不止一次為盧山代言，比如「五嶽尋仙不辭遠，一生好入名山遊。盧山秀出南斗傍，屏風九疊雲錦張」。但更為著名的，則是這一首《望盧山瀑布》。

　　夏日，長江流域很多地方悶熱難當，號稱「火爐」。與盧山近在咫尺的九江城也是如此。但是，盧山這裏卻是一片清涼世界。原來，這一地區海拔較高，植被豐富，水量充沛，這些因素使它成為天然、巨大的「空調房」。

　　「日照香爐生紫煙，遙看瀑布掛前川。」夏日的盧山瀑布，如同一條巨大的白練，陽光之下，水霧折射出紫色的光線，小小的彩虹若隱若現。「飛流直下三千尺，疑是銀河落九天。」**轟轟**的水聲震耳欲聾，水花飛濺，帶來從外到內的涼意。三千尺、落九天，雄奇壯美，這是「李白式」的誇張手法，卻毫不違和、妥帖得體。

　　渾然天成的盧山美景，催生渾然天成的《望盧山瀑布》。蘇東坡十分讚賞這首詩，說「帝遣銀河一脈垂，古來唯有謫仙詞」。確實，李白運用自己擅長的誇張和想象，真切地寫出了盧山瀑布絢麗壯美的特點。

　　千百年來，讚美盧山的詩人遠不止李白。東晉隱士陶淵明「採菊東籬下，悠然見南山」，他隱居的南山很可能就是盧山；唐朝大詩人白居易來到盧山名剎大林寺，發現「人間四月芳菲盡，山寺桃花始盛開」，給我們上了一堂海拔對植物花期影響的科普課；北宋大文學家蘇東坡來到盧山，「不識盧山真面目，只緣身在此山中」，悟出了自然界和人生的頗多哲理⋯⋯

社 日

唐 王駕

鵝湖山下稻粱肥，
豚柵雞棲半掩扉。
桑柘影斜春社散，
家家扶得醉人歸。

 註釋

社日：古代祭祀土地神的節日。春秋各一次，稱為春社和秋社。這首詩裏講的是春社。

豚柵：豬欄。豚，小豬。

雞棲：雞窩。

扉：門。

桑柘：桑樹和柘樹，它們的葉子都可以養蠶。

<table>
<tr><td>地理卡片 ◎ 名山</td><td>

「鵝湖山下稻粱肥，豚柵雞棲半掩扉。」從山的名字和詩句看，鵝湖山一帶應該是魚米之鄉吧？

鵝湖山在今江西省上饒市鉛山縣境內。山上有湖，湖中多荷，原名荷湖山。東晉人龔氏在此養鵝，遂更今名。

鵝湖山屬於武夷山脈北麓。武夷山脈有廣義與狹義之別。廣義的武夷山位於今江西、福建兩省邊境，呈東北─西南走向，海拔 1000~1500 米，綿延 500 餘千米，是贛江、閩江的分水嶺，最高峯黃崗山海拔 2160.8 米。狹義的武夷山僅指廣義武夷山脈的北段，在福建省武夷山市西南 10 千米。

</td></tr>
</table>

詩人卡片

姓　名：王駕
生卒年：851─？年
字　號：一說字大用，諡命守素先生
代表作：
《社日》《雨晴》等
主要成就：晚唐詩人

這首二十八個字的《社日》，就像一本微型「農業百科全書」。請找找看，詩中出現了多少種農作物和農產品？鵝、豚、雞，這些都是家禽家畜；稻、粱，這些都是主食穀物；桑、柘，這些樹種的嫩葉是蠶寶寶的食物。

鵝湖山地處今江西省，唐朝時期屬於江南西道。這一帶有山地也有平原，贛江縱貫全境，鄱陽湖氣象萬千，氣候溫暖，物產豐饒。鵝湖山，是一個物產豐富、風光旖旎的魚米之鄉。你幾乎能夠想象得出：蒼翠的青山之上，一片水草豐茂的大湖，氣定神閒的大白鵝在水中游弋，引吭高歌。

社日是古人在春季和秋季祭祀土地神的日子。人們在春社上祈求豐收，在秋社上收穫報謝。這首《社日》描寫的是鵝湖山下的一個村莊社日裏的歡樂景象。鵝湖山就像「桃花源」，這裏山明水秀、稻粱豐產、雞豚肥美、家家蠶桑，這是大家年復一年辛勤勞作的結果。春社聚會上，大家祭祀完祖宗和農神，殺雞宰鵝，痛飲一番，不知不覺，人人醉倒。「豚柵雞棲半掩扉」，這裏的農村生活夜不閉戶，路不拾遺，足見民風淳樸。

美麗富饒的鵝湖山，是文人雅士的鍾愛之地。唐朝年間，詩人王駕來到這裏，寫下這首《社日》；南宋年間，朱熹與陸九齡、陸九淵兄弟在山下舉行「鵝湖之會」，首開學術辯論之先河；辛棄疾晚年寓居山下，寫出許多膾炙人口的千古名篇；詩人陸游途經此地，夜宿鵝湖寺，寫下《鵝湖夜坐書懷》，流露出「我亦思報國，夢繞古戰場」的情懷。

獨坐敬亭山

唐 李白

眾鳥高飛盡，

孤雲獨去閒。

相看兩不厭，

只有敬亭山。

 註釋

閒：形容雲彩飄來飄去，悠閒自在的樣子。

厭：滿足。

「相看兩不厭，只有敬亭山。」能令詩仙李白如此看重的敬亭山，在甚麼地方呢？

敬亭山古名昭亭山，因避晉文帝司馬昭名諱改今名。敬亭山屬於黃山支脈，位於今安徽宣城市區北郊，水陽江西岸。其山勢呈西南—東北走向，有大小山峰 60 座，主峰名翠雲峰，海拔 324.1 米。歷代文人謝朓、李白、孟浩然、白居易、王維、蘇軾等都曾慕名登臨吟詠，敬亭山因此被稱為「江南詩山」。

詩說

　　敬亭山位於今天的皖南宣城。最早給這座山做「廣告」的，是人稱「小謝」的南朝詩人謝朓。他當宣城太守的那幾年，寫過不少跟敬亭山有關的詩。比如《遊敬亭山詩》：「茲山亙百里，合沓與雲齊。隱淪既已託，靈異居然棲。上干蔽白日，下屬帶回溪。……」敬亭山的靜謐之美，已經呼之欲出。

　　李白是謝朓的「鐵粉」。每次到宣城，他必去兩處和謝朓有關的地方「打卡」：一是謝朓樓，二是敬亭山。

　　炎夏酷暑時節，李白身在宣城，一個人跑到敬亭山上去，獨坐，安靜，自在，悠閒。「眾鳥高飛盡，孤雲獨去閒。」極目遠眺，鳥兒飛出了視線。白雲也像我一樣獨來獨往，不急不慢地變幻出蒼狗、白馬、飛龍的形狀。天是空靈的藍，雲是如絲如縷的輕，這是盛夏的山中景象。鬱鬱蔥蔥的青山，幾個時辰也看不夠。青山敬亭面對青蓮居士，互相只有無言的包容。

　　敬亭山雖然海拔不高，但它的名氣很大。一座山巒的名氣、魅力，同其高大程度未必有關聯。在長江下游地區，與敬亭山同等「體量」的名山就很是常見。金陵的紫金山、滁州的琅琊山、鎮江的北固山、湖州的西塞山、蘇州的虎丘、常熟的虞山，它們大多山清水秀，可親可近，遍佈名人足跡，兼具山水和人文之美。

漁歌子

唐　張志和

西塞山前白鷺飛，
桃花流水鱖魚肥。
青箬笠，綠蓑衣，
斜風細雨不須歸。

 註釋

漁歌子：詞牌名，原為唐教坊曲調名。
白　鷺：一種白色的水鳥。
鱖　魚：又稱桂魚，肉質鮮美。
箬　笠：竹葉或竹篾做的斗笠。
蓑　衣：用草或棕編製成的雨衣。

地理卡片 ☯ 名山

詞中提到的西塞山在甚麼地方呢？

西塞山，位於今浙江省湖州市境內。清代《欽定大清一統志》卷二百二十二記載：「西塞山在烏程縣西南二十五里，有桃花塢，下有凡常湖，唐張志和遊釣於此，作漁父詞，曰：西塞山前白鷺飛，桃花流水鱖魚肥。」

如今的吳興西塞山旅遊度假區位於浙江省湖州市吳興區妙西鎮西部，其中的霞幕山是天目山的餘脈。天目山位於今浙江省西北部，東北—西南走向，長130千米，寬20千米，多奇峰、竹海，最高點清涼峯海拔1787米。

另一處西塞山，位於今湖北省黃石市東的長江南岸。唐代，劉禹錫曾在此作《西塞山懷古》一詩。

 詩人卡片

姓　名：張志和
生卒年：不詳
字　號：字子同，初名龜齡，自號煙波釣徒
代表作：
《漁父》詞五首
主要成就：唐代詩人

　　關於這首《漁歌子》，有一個民間傳說：當年，隱居湖州鄉間的張志和，前去拜訪擔任湖州刺史的大書法家顏真卿。因為船已破舊，張志和請顏真卿幫忙重造。作為「交換」，張志和創作了一組《漁歌子》（又名《漁父》）。名士之間的交往，如此風流倜儻、清新脫俗。

　　西塞山地處江南，周邊河流湖沼縱橫，有西苕溪經湖州城匯入太湖。西塞山前，身姿優美的白鷺，在淺水濕地中逡巡，一會兒低首啄食，一會兒曲項向天。農夫趕着耕牛，慢慢走近鷺群。原本彷彿靜止一般的鷺鳥，忽然拍打翅膀，一齊飛上青天。旋即，幾只鷺鳥居然「降落」在耕牛的背上。

　　江南是魚米之鄉，盛產鱖魚等各種水中鮮物。春天時節，桃之夭夭，灼灼其華。桃花落入溪水，鱖魚撅起嘴巴，花瓣、花粉全都成了腹中之物。撒網，拉網，肥大的鱖魚在網中擊水跳躍，漁夫的心情又是多麼暢快啊！而在美食家的眼裏，這肥嫩的鱖魚，是無比的美味呀！

　　春日江南，細雨沙沙。「青箬笠，綠蓑衣，斜風細雨不須歸。」山水之間的農人們，戴着斗笠、披着蓑衣，在斜風細雨之中辛勤勞作。他們和青山、白鷺、紅桃、煙雨，共同構成了一幅意境優美的水鄉圖景。

惠州一絕

宋 蘇軾

羅浮山下四時春，
盧橘楊梅次第新。
日啖荔枝三百顆，
不辭長作嶺南人。

 註釋

盧橘：一說為金橘，另一說為枇杷。
啖：吃。

嶺南、惠州、羅浮山，它們之間是甚麼關係呢？

嶺南，又叫嶺表、嶺外，指五嶺以南地區，即今廣東、廣西、海南和港澳一帶，屬於亞熱帶、熱帶氣候。五嶺指五座彼此相距遙遠的山脈，它們是南嶺的突出代表。南嶺則是中國南部最大的山脈和重要的自然地理分界線，是長江、珠江水系的分水嶺。南嶺東西長約 600 千米，南北寬約 200 千米。一般海拔 1000 米。山中多低谷山口，有南北交通孔道。

惠州為古州名，地處嶺南地區，大致範圍為今天的廣東省惠州市，是東江流域和粵東沿海地區水陸交通要衝和物資集散地。

羅浮山是嶺南地區的一條山脈，在今廣東省東江北岸，部分山脈位於惠州境內。主峯飛雲頂，海拔 1296 米。羅浮山多瀑布、泉水，風景優美，為嶺南四大名山（羅浮山、西樵山、鼎湖山、丹霞山）之一。

在古代，嶺南是「瘴癘之地」，人們認為此地天氣濕熱，充斥毒氣，遍地蟲蛇。嶺南地區的經濟社會文化發展，也落後於黃河、長江流域。因此，被貶謫至此的士人，無不感到失意和苦悶。

大約五十歲的時候，蘇東坡又遭貶謫，而且是被貶到遙遠的嶺南惠州。在今天，惠州緊鄰廣州、深圳、香港等大都市，是經濟熱土、發達地區；而在當時，這裏是不折不扣的落後地區。這種「生活的暴擊」，足以將一般人徹底擊垮。幸而，蘇東坡放達人生，內心堅韌，非常善於自我解脫。

惠州羅浮山，簡直就是一座「百寶山」。這首《惠州一絕》，通篇洋溢着樂觀的精神。「羅浮山下四時春，盧橘楊梅次第新。」南國四季如春，長年無冬，這裏樹木常綠，水果常熟。大自然的恩賜如此，「此心安處是吾鄉」，又有甚麼不滿足？

「日啖荔枝三百顆，不辭長作嶺南人。」荔枝果肉鮮嫩、滋味甜美，它主要生長在南方，在古代相當珍貴難得。楊貴妃吃荔枝，有所謂的「天寶荔枝道」，是讓別人快馬加鞭送「生鮮特快」；蘇東坡吃荔枝，則是親自到嶺南走一遭。口腹之慾面前，是窮奢極慾還是隨遇而安？不同的選擇，終究導致人生際遇的不同。

事實上，蘇東坡以前就曾多次在詩文中表達對荔枝的喜愛之情，這份欣悅自然真實。更為重要的是，東坡先生以自己超然達觀的人生態度，將世事的不如意，化作了對苦難的嘲諷，對生活的熱愛。

蘇東坡與南國風物頗為有緣。在惠州生活了幾年後，他又被貶到海南島上的儋州。在更為偏遠的熱帶海島上，他也許又見識了椰子、香蕉、杧果、釋迦果、波羅蜜，又增加了作為「資深美食家」的各種「經驗值」……

中國歷史文化名城(部分)

烏魯木齊

喀什

新疆維吾爾自治區

古
蒙
內

呼和浩特

山
西

銀川
寧夏回族自治區

太原

平遙

陝

西

甘肅

青 海

西寧

蘭州

西安
洛陽
鄭州
河南

西藏自治區

拉薩

四 川

成都

重慶

方

貴
慶

湖 北
武漢

湖
鳳凰縣
長沙
南

麗江

貴州
貴陽

昆明
雲 南

廣西壯族自治區

桂林

廣

南寧

廣州

澳門
香
澳門特別行政區

海口
海
南

南

★ 北京　首都
○ 石家莊　省級行政中心
○ 桂林　其他城市
▨ 國家歷史文化名城

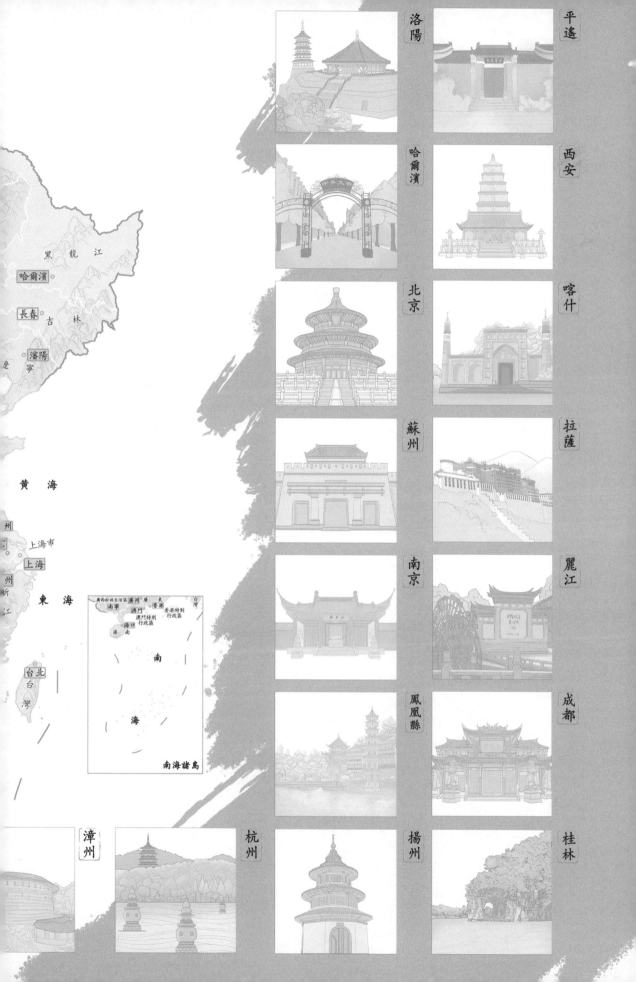

洛陽

平遙

哈爾濱

西安

北京

喀什

蘇州

拉薩

南京

麗江

鳳凰縣

成都

漳州

杭州

揚州

桂林

黑龍江

哈爾濱

長春 吉林

瀋陽

遼寧

黃　海

上海市

上海

東　海

台北

台灣

南

海

廣西壯族自治區 廣州 廣 東

南寧 澳門 香港特別行政區

澳門特別行政區

海南

南海諸島

第六章　名城

　　自有人類社會以來，由於政治、軍事、經濟、社會、文化活動的需要，人們集聚在一起，城市便產生了。

　　「城市」是「城」，城牆把人們圈成一個共同體，城門吐納着人流、物流與信息流；「城市」是「市」，坊市相連，瓦肆林立，舟車不絕，絲竹入耳，日升日落，人間煙火。

　　源遠流長的中華文明孕育了眾多具有深厚文化底蘊的歷史名城。它們或佔盡天時、地利與人和，是強盛王朝的治理中樞；它們或地處天府之地、交通要衝，千百年來繁盛不衰。每座城市都有它的個性：長安的大氣莊嚴，洛陽的雍容華貴，成都的春夜喜雨，揚州的煙花三月，北京、南京的帝王之氣，蘇州、杭州的天堂景象……它們的獨特氣質，透過唐詩宋詞，穿越千年呈現在我們面前。

早春呈水部張十八員外

唐　韓愈

天街小雨潤如酥，

草色遙看近卻無。

最是一年春好處，

絕勝煙柳滿皇都。

 註釋

呈：恭敬地送給。

水部張十八員外：張籍，唐代詩人。在同族兄弟中排行第十八，曾任水部員外郎。

天街：京城長安的街道。

酥：動物的油脂，這裏形容春雨相當滋潤。

最是：正是。

絕勝：遠遠勝過。

地理卡片　名城

「天街」與「皇都」，你知道這裏指的是哪一座城市嗎？

　　這首詩描寫的，是唐朝都城長安。長安是今天的西安，位於關中平原中部，北臨渭水，南靠秦嶺，有3100多年的建城史。今日的西安是陝西省省會，我國西部重要的中心城市，交通樞紐城市。西安屬溫帶季風氣候，冷暖乾濕，四季分明。西安附近的河流絕大多數屬於渭河水系。渭河橫貫西安市境，是黃河最大的支流。

　　古代的長安有着1200多年的建都史，是中國歷史上建都朝代最多、歷時最久的城市，先後有西周、西漢、隋、唐等十三朝定都於此。自西漢起，長安就成為中國與世界各國進行經濟、文化交流和友好往來的重要城市，古「絲綢之路」即以長安為起點。

詩說

　　長安是一座偉大的城市。周、漢、隋、唐，這些中國歷史上最具影響力、最具進取心的朝代，無不與長安休戚與共。一座長安城，半部中國史。

　　大約三千年前，周部族逐漸興盛。周文王、周武王先後修築豐京、鎬京，這是長安作為都城的起點。西漢初年，開國皇帝劉邦將此地命名長安，並定都於此。長安，取長治久安之意。漢人在長安修築宏偉的長樂宮、未央宮，這是泱泱帝國的象徵。

　　到了隋唐時期，長安既是帝國都城，也是國際都市。大明宮莊嚴壯麗，朱雀大街縱貫南北，十二座城門高大堅固，百餘街坊整齊劃一，東市、西市商賈穿梭，曲江池遊人如織。唐太宗、唐玄奘，李白、杜甫，唐明皇、楊貴妃，歷史與傳奇在這裏不斷上演。

　　「天街」與「皇都」，無不述說着長安城的莊嚴。大唐長安的四季，都有着絕好的風景。而身在帝都的大詩人韓愈，捕捉到了早春長安的妙不可言：「天街小雨潤如酥，草色遙看近卻無。」早春時節，朱雀大街寬闊但並不單調，壯觀而又充滿生機。

　　此時，來自遙遠北方的乾冷空氣不再肆虐。來自海上的溫和水汽開始登陸，它們吹過長江和淮河兩岸，翻越秦嶺；它們拂過名城杭州、蘇州、揚州、洛陽，進入渭河河谷、關中平原，吹進長安城門與宮門。宮牆柳發出米粒般的嫩芽，桃李花暗暗綻出花骨朵。

　　每年的這個時候，是農作物最渴望雨水的時候，如絲的春雨總是如期而至。春雨貴如油，經過秋冬季節的乾渴，大地正需要雨水來滋潤。風調雨順又一年，一年之計在於春。

　　早春的長安，草色是含蓄的，楊柳是剛剛發出新芽的，春的意境，恰在這若有似無之中。「最是一年春好處，絕勝煙柳滿皇都。」這樣萬象更新的生機，蘊含着無限希望與想象，比起滿城煙柳的暮春時節，不知要美妙多少倍。

子夜吳歌（其三）

唐　李白

長安一片月，萬戶擣衣聲。

秋風吹不盡，總是玉關情。

何日平胡虜，良人罷遠征。

 註釋

擣衣： 把衣料放在石砧上用棒槌捶擊，使衣料綿軟以便裁縫；也指將洗過
　　　頭次的髒衣放在石板上捶擊，去渾水，再清洗。

玉關： 玉門關，故址在今甘肅省酒泉市敦煌市，此處代指良人戍邊之地。

胡虜： 侵擾邊境的敵人。

良人： 古時婦女對丈夫的稱呼。

長安是一座聞名世界的古都，你知道長安有哪些名勝古跡嗎？

長安（今西安市）的名勝古跡很多，主要有秦始皇陵及兵馬俑坑、大雁塔、碑林博物館、鐘樓、鼓樓、半坡遺址、華清池等。

秦始皇陵位於西安市臨潼區驪山北麓，是秦始皇嬴政的陵墓。現在發掘的三個兵馬俑坑內，埋葬着大量陶製彩繪兵馬俑和各種兵器。隨着發掘工作的持續，出土文物已達數萬件。

大雁塔位於今西安市雁塔路南端慈恩寺內。唐永徽三年（公元 652 年），玄奘為貯藏從印度帶回的佛經、佛像而建。現塔高 64.7 米，為正方形閣樓式磚塔。唐代詩人杜甫、岑參、高適、白居易等都曾登塔，並留下膾炙人口的詩篇。

　　李白在長安生活過。他曾在宮中侍奉唐玄宗和楊貴妃，寫過「雲想衣裳花想容，春風拂檻露華濃」（《清平調・其一》）這樣的奉制之作，也有過「天子呼來不上船，自稱臣是酒中仙」（杜甫《飲中八仙歌》）這樣的張狂不羈。李白不僅熟悉長安的宮廷，也熟悉長安的市井。他用這首《子夜吳歌》，向人們講述長安城裏「老百姓自己的故事」。

　　深秋長安，明月當空。朱雀大街上，巡更士兵的影子拖得長長的，此外空無一人。唐時長安城內有一百多個坊以及東市、西市，夜晚宵禁之後，坊門關閉，人們不能隨意出入。

　　月光照在高樓上，映在梳妝台的銅鏡裏。高樓閨閣中，無人對鏡。終日忙裏忙外、操持家務的主婦們，蹲在坊內水渠邊的青石板上，漂洗衣服；洗完衣服，用大棒槌用力地捶搗，乒乒乓、乒乒乓……她們將衣服順着流水漂洗乾淨。

　　自古以來，八水繞長安。渭、涇、灃、滈、潏、滈、澇、灞八條河在長安城周圍穿流，這座城池的設計者和建造者很會規劃，他們在城裏城外開挖了縱橫聯結的五條溝渠，形成「八水五渠」，連同城內的曲江池等池沼湖泊，共同構成了長安城完善的水系。滿足長安城內人們的生活用水、防洪排澇、漕運、觀景等需要。

　　長安城的夜更加深沉。萬籟俱寂，只有四處街坊傳來此起彼伏的搗衣聲。月色涼如水，水色涼如月。陣陣秋風吹來，長安搗衣的征婦思念起戍守河西走廊、玉門雄關和西域大漠的夫君。那些地方有多遠？她們或許沒有概念。但是，今晚的月光，應該也灑在他的身上吧？長相思，在長安；長相思，摧心肝。

正月十五夜

唐　蘇味道

火樹銀花合，星橋鐵鎖開。
暗塵隨馬去，明月逐人來。
遊伎皆穠李，行歌盡落梅。
金吾不禁夜，玉漏莫相催。

 註釋

遊伎：歌女、舞女。

穠李：打扮得豔若桃李。

落梅：曲調名。

金吾：此處指金吾衛，掌管京城戒備，禁人夜行的官名。

玉漏：古代用玉做的計時器皿，即滴漏。

地理卡片 ● 名城

「火樹銀花合，星橋鐵鎖開。」這座「星橋」又名星津橋，位於古都洛陽。洛水經唐朝東都洛陽皇城端門外分為三道，上面各有一座橋，南為星津橋，中為天津橋，北為黃道橋。

洛陽，即今河南省洛陽市，因地處洛河之陽而得名，是著名古都。洛陽地處中原，山川縱橫，西依秦嶺，東臨嵩嶽，北靠太行且有黃河之險，南望伏牛，河渠密佈。洛陽是華夏文明的重要發祥地。以「河圖洛書」為代表的河洛文化是海內外炎黃子孫的祖根文源。歷史上先後有東周、東漢、曹魏、西晉等王朝在洛陽建都，隋煬帝、武則天也以洛陽為都。

姓　　名：蘇味道
生卒年：648—705 年
字　　號：字守真
代表作：
《正月十五夜》《詠虹》等
主要成就：
唐代政治家、詩人，與杜審言、崔融、李嶠並稱為文章四友

　　洛陽地處中原，它的「資歷」十分古老。上古時期「河圖洛書」的傳說，就發生在洛陽一帶。華夏文明早期文字記載中的「中國」，並不指整個國家，而指以洛陽為中心的一片區域。在歷史的長河中，「中國」的範圍不斷發展擴大，中華文明開枝散葉。

　　洛陽與長安，堪稱一對「雙子星座」。早在西周時期，就有宗周鎬京、成周洛邑；在強盛的漢唐時期，西京長安、東都洛陽，是人們無比仰慕的天朝上都。長安地處關中，勝在雄關堅城、易守難攻；洛陽地處中原，勝在天下之中、四通八達。

　　盛唐時期的洛陽，不僅居於天下之中，還是大運河的轉運中樞。它有着宏偉的皇城和宮城，上陽宮名揚天下；橫跨洛河兩岸，星津橋、天津橋等橋樑溝通南北；廣聚天下貨財，回洛倉、含嘉倉等糧倉規模巨大。

　　蘇味道是武則天時期的高官。女皇武則天鍾愛洛陽，把這裏定為武周的首都，號稱「神都」。那個時候城市實施宵禁，一年中唯有正月十五等幾個節日解禁。「金吾不禁夜，玉漏莫相催。」「金吾」指的是京城裏的禁衛軍，「玉漏」則是古代記錄時辰的工具。元宵節這天，夜間不戒嚴，所以徹夜燈火輝煌。

　　「火樹銀花合，星橋鐵鎖開。」正月十五上元夜，人們出門賞燈遊玩，盡情狂歡。洛河上的數座大橋，平時一到晚上就是「鐵將軍」把門，此時門禁大開，橋上的人們摩肩接踵、歡樂異常。城中最為繁華的是星津橋一帶，洛河兩岸到處張燈結綵，絢爛的煙火升上天空，果然是「火樹銀花」不夜城。

　　彩燈、煙花與明月，令洛陽城如同白晝，五光十色映照在洛河的粼粼波光裏，遠遠望去，竟如天上的星橋銀河。「遊伎皆穠李，行歌盡落梅。」歌伎盛裝出行，邊走邊唱，成為元宵夜又一道亮麗的風景；路上遊人停步定睛、側耳傾聽。歌伎們唱的是甚麼？她們唱的是《落梅》，也就是樂府曲調《梅花落》。悅耳動聽的歌聲與光彩奪目的燈影交相輝映，映襯出東都洛陽熱鬧繁華的景象。

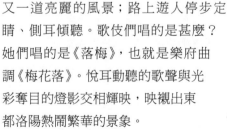

春夜洛城聞笛

唐 李白

誰家玉笛暗飛聲，
散入春風滿洛城。
此夜曲中聞折柳，
何人不起故園情。

 註釋

折柳：即《折楊柳》笛曲，樂府「鼓角橫吹曲」調名，內容多寫離情別緒。

地理卡片

名城

洛陽名勝古跡眾多，各朝代的故城遺址和龍門石窟、白馬寺、關林、古墓博物館等聞名中外。

龍門又稱伊闕，地處洛陽南郊。這裏兩山對峙，伊水中流，佛光山色，風景秀麗。龍門石窟始鑿於北魏孝文帝遷都洛陽（公元 494 年）前後，之後歷經多個朝代的營造，形成了南北長達 1 千米、具有 2345 個窟龕、10 萬餘尊造像、2860 餘塊碑刻題記的石窟遺存。

白馬寺位於今洛陽市以東 12 千米，創建於東漢永平十一年（公元 68 年），是佛教傳入中原後興建的第一座官辦寺院，有中國佛教的「祖庭」和「釋源」之稱。白馬寺現存古跡主要為元、明、清時所留。

　　洛城，不是今天的美國洛杉磯，而是千年前的大唐洛陽城。洛城裏的生活，是豐富多彩的，從白天到黑夜，車水馬龍，歌舞管吹，宴飲交遊，幾無盡時。喜歡熱鬧的李白，自然不會缺席這樣的場合。

　　春風沉醉的深夜，各大市坊已然宵禁，萬籟俱寂。在旅館中獨自望月的李白，忽地聽到不遠處傳來笛聲，婉轉悠揚、繞樑不絕；伴隨笛聲，有曲入耳，如泣如訴：「上馬不捉鞭，反拗楊柳枝。下馬吹橫笛，愁殺行客兒。」這是《折楊柳》，它本就是傾訴離別相思之苦的樂府民歌。

　　這吹笛的是誰？也許是來自波斯的胡兒。這唱曲的是誰？也許是來自揚州的女子。他們的故鄉本不在此。聽聞此聲，瀟灑如李白，也不禁「低頭思故鄉」！他心中的故鄉，又在哪裏？是「明月出天山，蒼茫雲海間」的西域，還是「蜀道之難，難於上青天」的巴蜀？

　　不論古今中外，大都市總是令人嚮往。人們從四面八方來到這裏，尋找實現夢想的機會，遇見志同道合的知己。而在都市喧鬧的另一面，也總有人在黯然神傷。人們在奮鬥中會遇到挫折，在奔忙中也會感到寂寞。漫漫長夜，思念親人、思念故鄉，洛陽的春夜裏，李白與多少遊子產生了情感的共鳴！

登幽州台歌

唐 陳子昂

前不見古人，
後不見來者。
念天地之悠悠，
獨愴然而涕下。

 註釋

愴然：悲傷淒惻的樣子。

涕：眼淚。

地理卡片 | **名城**

幽州在甚麼地方？今天它又叫甚麼名字？

唐代幽州的治所，就在今天的北京市。北京是中華人民共和國的首都，全國的政治中心、文化中心、國際交往中心和科技創新中心，世界著名古都和現代化國際城市。北京西部、北部和東北部三面環山，東南部是一片緩緩向渤海傾斜的平原。永定河、潮白河等河流由西北部山地發源，向東南蜿蜒流經平原地區，最後分別匯入渤海。北京的氣候為典型的暖溫帶半濕潤季風氣候，夏季高溫多雨，冬季寒冷乾燥，四季分明。

北京最初見於記載的名稱是「薊」。薊是周初分封的諸侯國之一，薊城建在永定河北岸一塊黃土台地上，又稱「薊丘」（位於今北京廣安門外）。後來，薊被燕所滅，薊城成為燕國都城。因此，燕、薊成為北京古地名的代稱。秦時，今北京為廣陽、漁陽、上谷等郡地，漢屬幽州刺史部，唐屬幽州。遼時為陪都，稱燕京、南京。金時稱中都，元時稱大都，明、清時稱京師，均為都城。民國初亦建都於此。自金代建都於此的公元 1153 年起，北京建都歷史已近 900 年。

 詩人卡片

姓　名：陳子昂

生卒年：659—700 年

字　號：字伯玉，因曾任右拾遺，後世稱陳拾遺

代表作：

《登幽州台歌》《登澤州城北樓宴》《感遇詩》三十八首等

主要成就：

唐代文學家、詩人，唐代詩文革新運動的先驅者

詩說

　　幽州就是今天的北京，這個地方最早稱薊。戰國時期，薊為燕國都城。燕國實力較弱，長期受齊國壓制。燕昭王即位後，謀士郭隗給他講了一個「千金買馬骨」的故事。受此啟發，燕昭王築高台邀請天下賢士，重用樂毅等名將，一度攻伐齊國七十餘城。這座高台，稱「幽州台」、「燕台」，又稱「黃金台」、「金台」。幽州台的故址已不可考，一說位於今北京市朝陽區，也有說位於臨近北京的今河北省定興縣。

　　秦、漢、隋、唐等大一統王朝時期的燕國故地，名為幽州，是重要的北方邊塞，築有堅固的營壘，朝廷派駐重兵把守。唐武則天時期，詩人陳子昂作為軍中幕僚，隨武則天侄子武攸宜出征，到幽州一帶出擊契丹。天寒地凍的一天，陳子昂登臨當年燕昭王登台拜將的幽州台，無限的歷史滄桑感湧上心頭，寫下這首千古絕唱——《登幽州台歌》，寄託對於「明主」勵精圖治、任人唯賢的期盼。

　　從燕昭王到陳子昂，歷史過去了將近一千年。也許，此時的幽州台只剩下斷壁殘垣，薊草叢生。天地悠悠，真如白駒過隙！物是人非，只能憑空想象當年群情激昂的盛況。但是，天地日月見證，這裏曾經發生過令人感喟的一幕。雨雪霏霏，陳子昂獨自一人，慷慨悲歌，潸然淚下。但他的悲愴並不消沉，而是積極並充滿豪氣的。這首《登幽州台歌》，是上承「漢魏風骨」的唐代詩歌先驅之作。

　　陳子昂的詩風骨崢嶸、蒼勁有力；幽州台幽遠寂寥、滄桑厚重。這首詩之所以流傳千古而不衰，是因為它源自詩人的現實生活，但又遠遠超越了個體的感傷情緒，因而能夠引起千載之下人們的普遍共鳴。

望薊門

唐　祖詠

燕台一望客心驚，笳鼓喧喧漢將營。

萬里寒光生積雪，三邊曙色動危旌。

沙場烽火連胡月，海畔雲山擁薊城。

少小雖非投筆吏，論功還欲請長纓。

 註釋

薊　門：在今北京市西南，是唐朝屯駐重兵之地。薊，幽州的舊名、別稱。

燕　台：即戰國時期燕昭王所築的幽州台。

笳：又稱胡笳，古代一種來自少數民族的管樂器，此處代指號角。

三　邊：古稱幽州 (今北京市、河北省北部一帶)、并州 (今山西省北部一帶)、涼州 (今甘肅省河西走廊一帶) 為三邊。這裏泛指北方邊塞地帶。

危　旌：高揚的旗幟。危，高聳；旌，旗幟。

投筆吏：東漢班超投筆從戎的典故。班超曾為官府抄書謀生，曾投筆歎曰：「大丈夫無他志略，猶當效傅介子、張騫立功異域，以取封侯，安能久事筆硯間乎？」後從軍在西域建功。

請長纓：漢人終軍曾自向漢武帝請求：「願受長纓，必羈南越王而致之闕下。」後被南越相所殺，年僅二十餘。纓，繩子。

除了詩中提到的薊門、燕台等地，北京 (幽州) 還有哪些名勝古跡呢？

北京的名勝古跡眾多，故宮、長城、天壇、十三陵、頤和園等，都是世人嚮往的旅遊勝地。故宮又稱紫禁城，是明清時期的皇家宮殿建築群。紫禁城南北長 961 米，東西寬 753 米，四面圍有高 10 米的城牆，城外有寬 52 米的護城河，有四座城門，城牆四角各有一座角樓。紫禁城內的建築分為外朝和內廷兩部分。外朝的中心為太和殿、中和殿、保和殿，統稱三大殿，是國家舉行大典禮的地方。內廷的中心是乾清宮、交泰殿、坤寧宮，統稱後三宮，是皇帝和皇后居住的正宮。其後為御花園。

北京長城是萬里長城的一部分，以明長城為主，蜿蜒於北方的崇山峻嶺之中，城牆高大堅固，烽火台綿延不斷，在古代是重要的防禦工事。北京八達嶺、慕田峪、司馬台等處的長城聞名中外。

陳子昂登臨幽州台幾十年後，又一位詩人遊歷幽州。他叫祖詠，就是在長安寫出《終南望餘雪》的那位。此時的唐王朝，已經進入十分強盛的「開元盛世」。此時的唐人，行走四方是一種時尚。年輕的祖詠來到北方邊塞重地幽州，立即被它的氣勢所震撼。

「燕台一望客心驚，笳鼓喧喧漢將營。」燕昭王所築的幽州台雖然已經頹敗，但是精氣神依然衝貫天地之間；胡笳聲聲，戰鼓隆隆，漢家營壘固若金湯。

「萬里寒光生積雪」，「沙場烽火連胡月」，這些詩句，無不說明幽州一帶的自然氣候很不舒適，北境之地，冬日嚴寒。對此，李白也曾說過：「燕山雪花大如席，片片吹落軒轅台！」

條件這麼艱苦，為甚麼還要堅守？秘密就在於「海畔雲山擁薊城」──這是一座兼具山海形勝的城池，戰略地位極其重要。從地緣戰略看，幽州地處華北大平原北緣，燕山腳下，向南可一馬平川直抵中原，後來安祿山正是在這裏發動叛亂，一路南下攻取洛陽、長安；向正北方越過燕山，就是遊牧民族的草原和戈壁，很多朝代在此修築長城，正是為了防禦北方的勁敵；而往東北方向進發，沿着遼西走廊行進，可直通遼海和渤海（今中國東北地區）。以一城之地，轄控中原、北方和東北三方，足見其戰略地位之重要。

薊門之下，所見所聞如此，書生祖詠心生萬丈豪氣。想到投筆從戎的班超，想到請長纓的少年英雄終軍，祖詠也盼望跟他們一樣建功立業、名垂千古！

金陵五題・烏衣巷

唐 劉禹錫

朱雀橋邊野草花，

烏衣巷口夕陽斜。

舊時王謝堂前燕，

飛入尋常百姓家。

 註釋

王謝：以王導、謝安為代表的六朝時期世家大族。

詩中提到的「朱雀橋」和「烏衣巷」在甚麼地方？

它們都位於古都金陵，即今江蘇省省會南京市。南京位於長江下游，地處寧鎮揚（南京、鎮江、揚州）丘陵地區，低山緩崗、龍盤虎踞，萬里長江在城北流過。

南京歷史悠久，三國吳，東晉，南朝宋、齊、梁、陳（以上稱六朝），五代南唐，明等王朝曾建都於此。南京的舊稱、別稱之多，堪稱獨樹一幟。戰國時期楚國在此置金陵邑，故稱金陵；秦稱秣陵；三國時期吳國在此建都，稱建業；晉稱建業、建康；唐稱江寧；元稱集慶；明稱應天府、南京；清稱江寧府。

烏衣巷和朱雀橋，都是南京城內的六朝古跡，兩地相鄰。烏衣巷是三國時期東吳的禁軍駐地，當時禁軍身着黑色軍服，所以此地俗稱烏衣巷。朱雀橋因面對六朝都城正南門朱雀門而得名，六朝時期是世家大族聚居的地方。

在唐朝人眼中，金陵是故都。因為，隋唐之前的六朝都以金陵為都城。六朝時期，從中原南下和定居江南的士人們，留下了絢麗華彩的六朝文脈。南朝詩人謝朓曾在《入朝曲》中如此描述金陵：「江南佳麗地，金陵帝王州。」佳麗地和帝王州，看似「違和」，在金陵卻實現了奇妙的統一。

六朝都是偏安東南的王朝，江南佳麗地，容易消磨人們的鬥志。在歷史上，六朝的命運，不是被內部權臣武將篡權奪位，就是被北方強敵滅國。後人來到金陵，總要憑弔古跡，抒發懷古幽情。這其中，劉禹錫的一組《金陵五題》流傳甚廣。這首《烏衣巷》就是《金陵五題》中的一首。

朱雀橋、烏衣巷一帶，是六朝時期王公大臣、士族高門的聚居地。六朝士族中，最為顯赫的是王家和謝家。

王家中，王導是東晉開國丞相，皇帝司馬睿曾請他一起共坐龍椅，有「王與馬，共天下」之說；王家還曾出過著名書法家王羲之、王獻之父子。謝家中，丞相謝安和弟弟謝石、姪子謝玄一起，前後方聯動打贏了淝水之戰；著名詩人謝靈運、謝朓，也是謝家人。王謝兩家之間也有着千絲萬縷的關係。比如，把雪花比作柳絮的才女謝道韞，是謝安的姪女、王羲之的兒媳婦。

王家與謝家，曾經如此位高權重、人才輩出。那個時候的金陵城，也一定很熱鬧、很有趣。然而，六朝如夢，煙消雲散。幾百年後的大唐，安靜下來的金陵，朱雀橋邊，野草叢生；烏衣巷口，夕陽西下；王家謝家，無處可尋；燕子飛來，尋常人家。所有這些，不禁令人感慨歷史滄桑、世事無常！

金陵圖

唐 韋莊

誰謂傷心畫不成，
畫人心逐世人情。
君看六幅南朝事，
老木寒雲滿故城。

 註釋

逐：隨，跟隨。

地理卡片 — 名城

「老木寒雲滿故城」的南京（金陵）都有哪些名勝古跡呢？

南京的名勝古跡眾多，遍佈城內城外，鍾山地區、秦淮河沿線、玄武湖、雨花台等處尤為集中。

鍾山又稱紫金山，位於南京城東，山、水、城、林渾然一體，自然景觀豐富優美，文化底蘊博大深厚。其中，東吳開國皇帝孫權下葬於鍾山南麓，即今梅花山。明孝陵坐落在鍾山南麓獨龍阜玩珠峯下，是明朝開國皇帝朱元璋與皇后馬氏的陵寢。中山陵位於鍾山中茅峯南麓，是偉大的民主革命先行者孫中山先生的陵墓。

秦淮河是南京的「母親河」，史稱「十里秦淮」。秦淮河沿岸，有東晉豪門貴族王導、謝安故居，明代江南首富沈萬三故居，明末清初傳奇人物李香君故居，《儒林外史》作者吳敬梓故居，以及烏衣巷、桃葉渡、東水關、西水關、古長干里、鳳凰台遺址等名勝。

 詩人卡片

姓　名：韋莊
生卒年：836—910 年
字　號：字端己
代表作：
《秦婦吟》《菩薩蠻》五首等
主要成就：
晚唐詩人、詞人，與溫庭筠同為「花間派」代表作家，並稱「溫韋」

　　唐朝末年，曾有畫師畫了一組六幅《金陵圖》，描摹六朝往事。畫家是甚麼人，已不可考。比韋莊略早些的詩人高蟾看過這組畫後，有感而發，寫下了一首《金陵晚望》：「曾伴浮雲歸晚翠，猶陪落日泛秋聲。世間無限丹青手，一片傷心畫不成。」他認為，再高明的畫手，也畫不出金陵舊夢的意境。

　　高蟾的觀點，韋莊並不同意，他在《金陵圖》中寫道：「誰謂傷心畫不成，畫人心逐世人情。」韋莊認為，只要畫師不隨波逐流，遵從內心的召喚，他一定能通過畫作表達出心境。

　　為了闡明自己的主張，韋莊還將畫中的意境用詩句「二次創作」了出來：「君看六幅南朝事，老木寒雲滿故城。」事實上，從六朝到唐朝，從唐朝再到今天，人們在金陵城內城外，總是可以看到老木、寒雲營造的故城秋冬。

　　故城有老木。它們是六朝帝王的陵台古柏；是琅琊郡王手植的梧桐；是玄武湖邊黃葉落盡的台城柳；是有着黑鐵般枝幹的古槐老榆。楓樹、欒樹、烏桕的紅黃色樹葉，只剩下孤零零的幾片，在風中瑟瑟發抖，似乎隨時都要飄落。幾隻老鴉站在老木枝頭，冷不丁「哇哇」叫上幾聲，令人備感蕭瑟。

　　故城有寒雲。一片彤雲籠罩在青灰色的城牆之上，濕冷、壓抑。天空不時飄蕩下雨絲，偶爾有些雪粒，但往往是引而不發。某個深夜，很大很密的雪花從天而降，秦淮河不再槳聲燈影，紫金山一夜白頭。雪花落入城外的江面，消逝在無盡的滾滾波浪中。

楓橋夜泊

唐 張繼

月落烏啼霜滿天，
江楓漁火對愁眠。
姑蘇城外寒山寺，
夜半鐘聲到客船。

 註釋

烏啼：一說為烏鴉啼鳴，一說為烏啼鎮。

地理卡片

名城

姑蘇、楓橋、寒山寺，它們在甚麼地方，又有甚麼關聯？

姑蘇就是今江蘇省蘇州市。蘇州是著名的江南水鄉，位於長江三角洲中部、江蘇省東南部，東傍上海，南接浙江，西抱太湖，北依長江。全市地勢低平，境內河流縱橫、湖泊眾多，太湖水面絕大部分在蘇州境內。蘇州屬亞熱帶季風氣候，四季分明、氣候溫和、雨量充沛、土地肥沃、物產豐富，自然條件優越。

蘇州歷史悠久、經濟發達、文化興盛，若從春秋時期，吳王闔閭始建蘇州城作為國都算起，至今已有 2500 多年的建城史。蘇州歷史上曾有過吳郡、吳州、姑蘇等多個名稱，自隋朝起，才定名為蘇州。

楓橋和寒山寺，都位於蘇州。楓橋在今蘇州市閶門外。寒山寺在楓橋附近，始建於南朝梁代。相傳因唐代僧人寒山、拾得曾住此而得名，又名楓橋寺。

詩人卡片

姓　　名：張繼
生卒年：？一約 779 年
字　　號：字懿孫
代表作：《楓橋夜泊》
主要成就：唐代詩人

詩說

在中國文學史上，描寫蘇州的詩歌很多，張繼的這首《楓橋夜泊》是其中最著名的詩作之一；而張繼的名字之所以傳世，也主要因為這首《楓橋夜泊》。這首詩寫出了蘇州最為精髓的本質——水城。

蘇州因水而生。在上古年代，蘇州所處的太湖流域一帶，還是一片濱海沼澤濕地，人類難以生存。商朝晚期，千里之外的關中平原有一個周部族，周太王有三個兒子——太伯、仲雍和季歷。傳說，太伯和仲雍為了給弟弟季歷讓賢，主動跑到當時偏僻落後的江南，建立吳國。後來，吳王夫差修建的都城就在蘇州。春秋時期，這裏上演過吳越爭霸的一齣齣精彩大戲，吳王夫差、越王勾踐、大夫伍子胥等人的故事跌宕起伏。

從商周到隋唐，太湖流域經過人們的不斷整飭，從經濟文化落後地區逐漸成為富庶的魚米之鄉。蘇州，因為地處太湖流域核心位置，並有大運河穿城而過，交通便利、經濟發達、文化昌盛，成為吳地的中心城市。蘇州是水城，「夜半鐘聲到客船」，這樣的場景幾乎每個夜晚都在上演。

一個深秋的夜晚，詩人張繼坐船來到姑蘇城外，泊於楓橋之下，寒山寺旁。在古代，人們出遠門大多靠行船。旅途是漫長的，船隻既是交通工具，也是流動的居所。在船上過夜是常有的事，而夜航船是有詩意的。然而，詩人張繼卻在「對愁眠」。旅途孤獨、寂寞，詩人借景抒情，表達自己淒清孤寂又難以言傳的感受。江上點點漁火，也不能帶給詩人溫暖的詩意。

恍惚之間，寒山寺夜半鐘聲，彷彿當頭棒喝，打破了夜的靜謐。詩人本就因愁而無眠，此時更不免鬱結難抒；夜宿江楓的烏鴉，也被這鐘聲震醒，紛紛飛起。蕭蕭霜天，這姑蘇秋江月夜的美景，與詩人的羈旅之思、家國之愁就這樣融合在了一起。

送人遊吳

唐 杜荀鶴

君到姑蘇見，人家盡枕河。

古宮閒地少，水港小橋多。

夜市賣菱藕，春船載綺羅。

遙知未眠月，鄉思在漁歌。

 註釋

枕河：臨河。枕：臨近。

古宮：即古都，此處指代蘇州。蘇州曾為古代吳國都城。

綺羅：指華貴的絲織品或絲綢衣服。

地理卡片·名城

詩中提到的「吳」、「姑蘇」，都是蘇州的代稱。蘇州有哪些名勝古跡呢？

蘇州是一座精緻的城市。蘇州古城目前仍保持着發達的河道水系和小橋流水、粉牆黛瓦的獨特風貌。蘇州園林、虎丘、寒山寺、天平山及周邊水鄉古鎮各具特色。

蘇州園林是江南園林的代表。園林的建造者着力模仿營造山水之勝，追求自然曲折之趣。蘇州現有保存完好的園林60餘個。拙政園、留園、網師園、環秀山莊、滄浪亭、獅子林、藝圃、耦園、退思園等古典園林被聯合國列入《世界文化遺產名錄》。

虎丘山位於蘇州古城西北，山高僅30多米，卻有「江左丘壑之表」的風範。遠古時代，虎丘曾是海中小島，歷經滄海桑田，成為孤立在平地上的山丘，因此又稱海湧山。據傳，吳王闔閭葬於此，葬後三日有「白虎蹲其上」，故名虎丘；又一說為「丘如蹲虎」，以形為名。虎丘有雲岩寺塔、劍池、千人石等景觀。其中山頂的雲岩寺塔已有1000多年歷史，是世界著名斜塔。

詩人卡片

姓　名：杜荀鶴

生卒年：846–904年

字　號：字彥之，自號九華山人

代表作：《春宮怨》《山中對雪有作》等

主要成就：晚唐現實主義詩人

蘇州是人間天堂，天堂的「密碼」是靈動的水。世界上歷史最為悠久、文化最為發達的水城，應當首推蘇州。這首五言律詩的八句中，有一半的篇幅在講水、橋、河、船、漁歌。

「君到姑蘇見，人家盡枕河。古宮閒地少，水港小橋多。」蘇州的河港水道縱橫交錯，各種別緻的橋樑飛架河道之上，粉牆黛瓦的民居依水而建。一個「枕」字，道盡姑蘇人家對於水的親近與依賴。有人坐着畫舫，舫上載着精緻的酒饌，絲竹歌吹不絕於耳。舟子搖櫓，船兒在水中蕩漾，穿過座座小橋。橋上的人觀賞船來船往，船上的人觀賞各式各樣的虹橋、拱橋、石板橋，看風景的人都成了彼此眼中的風景。古往今來，蘇州的生活就是如此充滿閒情逸致。

蘇州是春秋時期吳國故都。白居易在《憶江南》中提到蘇州，曾說「江南憶，其次憶吳宮」。而這首詩中的「古宮閒地少」，也許是當時的房地產行情描述，它在不經意間透露出：唐朝時期的蘇州已經是「一線城市」，地皮金貴，房屋價高，「居大不易」了。

「夜市賣菱藕，春船載綺羅。」吃和穿，是人類最基本的需求，也是經濟活動的重心。在蘇州，你可以盡享水鄉「地道風物」，稻米、魚蝦、菱角、鮮藕、茭白、雞頭（芡實），這裏應有盡有。而作為中國絲織業的中心，蘇州產的綾羅綢緞滿載船隻，經由大運河行銷全國，再經由陸上絲路和海上絲路行銷世界。從隋唐時期起，蘇州以及吳地的絲織業，已經繁榮了上千年。

這首《送人遊吳》，不僅生動描繪出了蘇州的城市面貌和水鄉特色，還具有社會學和經濟學上的獨特價值，它告訴我們：優越的地理方位、豐富的物產資源、辛勤的生產勞動和活躍的商品經濟，這才成就了作為人間天堂的蘇州。

錢塘湖春行

唐 白居易

孤山寺北賈亭西，水面初平雲腳低。
幾處早鶯爭暖樹，誰家新燕啄春泥。
亂花漸欲迷人眼，淺草才能沒馬蹄。
最愛湖東行不足，綠楊陰裏白沙堤。

 註釋

爭暖樹：爭着飛到向陽的樹枝上去。暖樹：向陽的樹。

新　燕：剛從南方飛回來的燕子。

亂　花：紛繁的花。

沒：湮沒，掩蓋。

陰：同「蔭」，指樹蔭。

地理卡片 | 名城

　　錢塘湖，就是杭州的標誌性景觀——西湖。西湖是怎麼形成的？西湖白沙堤是白居易修建的嗎？

　　西湖原是與杭州灣相通的淺海灣，後由泥沙淤塞，成為一個潟湖。湖周約 15 千米，面積 5.66 平方千米。在漢時稱明聖湖，唐時因在城西，始稱西湖。環湖有南高峯、北高峯、玉皇山等。湖中有孤山、白堤、蘇堤，以及小瀛洲、湖心亭、阮公墩三個小島。湖光山色，風光綺麗。

　　詩中提到的孤山寺、賈亭和白沙堤，都是唐朝時期西湖一帶的景致。其中，白沙堤又叫白堤。白居易到杭州任職時，白沙堤已經存在，它不是白居易主持修建的。白居易也在杭州修過堤，但不是西湖堤壩，而是錢塘江的一處堤壩。至於西湖蘇堤，則確實是北宋時期蘇軾主政杭州時修築的。

詩説

　　上有天堂，下有蘇杭。蘇州、杭州地處江南，風景秀麗，文化繁榮，經濟富庶。白居易十分幸運，因為他先後在杭州、蘇州擔任過刺史。他在任上時，流連美景不能自拔；晚年定居洛陽，還經常憶起在江南的生活，寫下一組《憶江南》，第二首「最憶是杭州」，第三首「其次憶吳宮」，憶的就是杭州和蘇州。

　　杭州如美人，西湖如同美人的眸子。這首《錢塘湖春行》，記述了刺史白居易的一次西湖踏青。

　　每年春暖花開，西湖總是很美。「孤山寺北賈亭西，水面初平雲腳低。」孤山寺位於孤山之上，一座「斷橋」將孤山與堤岸相連，這就是「孤山不孤，斷橋不斷」。賈亭，是唐人賈全任杭州刺史時所築，此亭今已不存，但是花港觀魚、曲院風荷中那些玲瓏精緻的亭閣，就是它的重生。

　　「幾處早鶯爭暖樹，誰家新燕啄春泥。」錢塘湖畔，萬物生長。交交黃鳥，鳴於翠柳，它們的小爪子攀住一根枝條，靈活地轉動着脖子，用黑豆一樣的眼睛觀察春天。燕子是候鳥，它們從遙遠的南方歸來，「燕燕于飛，差池其羽」，於翱於翔，輕盈靈動。它們很快找到去年離去時的舊巢，啣起湖邊的濕泥和草木，開始一年一度的翻新裝修工作。

　　「亂花漸欲迷人眼，淺草才能沒馬蹄。」白沙堤上開滿不知名的小花，茵茵淺草裝點春日大地。馬蹄染着芳草的清香，蜂蝶也追着馬蹄打轉。楊柳依依，春色迷人，真個是走不盡，看不厭！

　　千年以來，西湖總是詩人的天堂、詩意的源泉。白居易眼中的西湖，是「最愛湖東行不足，綠楊陰裏白沙堤」；蘇軾眼中的西湖，是「水光瀲灧晴方好，山色空蒙雨亦奇」；楊萬里眼中的西湖，是「接天蓮葉無窮碧，映日荷花別樣紅」。……

望海潮

宋　柳永

東南形勝，三吳都會，錢塘自古繁華。煙柳畫橋，風簾翠幕，參差十萬人家。雲樹繞堤沙，怒濤捲霜雪，天塹無涯。市列珠璣，戶盈羅綺，競豪奢。

重湖疊巘清嘉，有三秋桂子，十里荷花。羌管弄晴，菱歌泛夜，嬉嬉釣叟蓮娃。千騎擁高牙，乘醉聽簫鼓，吟賞煙霞。異日圖將好景，歸去鳳池誇。

註釋

三吳：指吳興（今浙江省湖州市）、吳郡（今江蘇省蘇州市）、會稽（今浙江省紹興市）三郡，這裏泛指江南吳地。

參差：高低不齊的樣子。

天塹：天然溝塹，人間險阻。這裏借指錢塘江。

珠璣：珠是珍珠，璣是一種不圓的珠子。這裏泛指珍貴的商品。

羅綺：各類絲織品。綺，有花紋或圖案的絲織品。

疊巘：層層疊疊的山巒。巘：小山峯。

高牙：高高的官旗。牙，牙旗，高官或將軍的旗幟，竿上以象牙裝飾。

異日：他日，指日後。

圖：描繪。

鳳池：全稱鳳凰池，原指皇宮禁苑中的池沼。此處指朝廷。

據史料記載，柳永的這首《望海潮》，是為求見官員孫何而作。「東南形勝，三吳都會，錢塘自古繁華。」唐宋年間，杭州因為地處條件優越的杭州灣平原，又是大運河的南端起點，繁華日勝一日，成為東南第一大州，吳越地區的中心城市。

錢塘繁華，請看錢塘湖。「重湖疊巘清嘉，有三秋桂子，十里荷花。羌管弄晴，菱歌泛夜，嬉嬉釣叟蓮娃。」唐宋時期，西湖已經被白沙堤（白堤）分隔為「重湖」，從而有裏西湖、外西湖之分。後來蘇軾主政杭州、疏濬西湖，淤泥堆出一道蘇堤，西湖又被分隔出更多的水面。西湖的四季，都有值得賞玩之處，秋日的桂子、夏日的荷花尤其惹人憐愛。西湖內外，遊人如織；歡歌鼓樂，通宵達旦；黃髮垂髫，怡然自樂。

錢塘繁華，請看錢塘江。「雲樹繞堤沙，怒濤捲霜雪，天塹無涯。」錢塘江是浙江的下游江段，錢塘潮自古聞名。白居易在《憶江南》中寫過，「郡亭枕上看潮頭」；潘閬在《酒泉子》中寫道，「來疑滄海盡成空，萬面鼓聲中」；在柳永的眼中，錢塘潮湧來如霜如雪，錢塘江入海無際無涯。

錢塘繁華，請看錢塘人家。「煙柳畫橋，風簾翠幕，參差十萬人家。」據歷史學者估算，兩宋時期，杭州的人口至少有幾十萬，可能超過百萬。供養百萬人口，需要十分富庶的經濟腹地，非常強勁的經濟實力，還有相當先進的治理水平。「市列珠璣，戶盈羅綺，競豪奢。」肆間商品琳瑯滿目，令人目不暇接。「錢塘自古繁華」，這為今日杭州深厚的商業基因、發達的民營經濟奠定了千年底蘊。

這首詞作於北宋時期。一百多年後，杭州成為南宋都城，繁華程度更甚。據傳，金主完顏亮讀到詞中「三秋桂子，十里荷花」之句，不禁起了投鞭渡江、鯨吞東南之意，發動了不得人心的南侵戰爭，最終歸於失敗。柳永如果地下有知，也許會感到無辜和無奈吧？

贈別（二首）

唐 杜牧

娉娉裊裊十三餘，豆蔻梢頭二月初。
春風十里揚州路，捲上珠簾總不如。

多情卻似總無情，唯覺樽前笑不成。
蠟燭有心還惜別，替人垂淚到天明。

 註釋

娉娉裊裊：形容女子體態輕盈美好。

十 三 餘：十三四歲。

豆　　蔻：一種開花植物，常用來比喻少女。

 詩人卡片

唐代的揚州經濟文化繁榮，時有「揚一益二」之稱。在整個唐帝國的城市中，論繁盛程度，揚州排名第一，益州（今四川省成都市）排名第二。唐朝的揚州是全國第一大港，首屈一指的都會。揚州的經濟地位，源自它優越的地理位置，因為它是聯結大運河、長江和東海的水運交通樞紐。

　　唐朝詩人眼中的揚州，有一種紙醉金迷的味道。李白送別孟浩然時說：「故人西辭黃鶴樓，煙花三月下揚州。」煙花三月是最好的季節，此時的揚州大地復蘇、春暖花開。詩人徐凝說：「天下三分明月夜，二分無賴是揚州。」揚州的月亮，似乎都比別的地方圓，比別的地方亮。而當時的俗語更加直白：「腰纏十萬貫，騎鶴上揚州。」沒有十萬貫的家財，不要輕易去揚州，因為那裏是繁華都會，是有錢人揮金如土的地方。

　　杜牧對揚州的感情非同尋常。唐大和七年（公元 833 年），30 歲的杜牧來到揚州，任淮南節度使的推官一職，後轉為掌書記。唐大和九年（公元 835 年），杜牧被朝廷徵為監察御史，離開揚州。這兩首詩，是他在離揚州奔赴長安之前，與在揚州結識的歌伎分別時所作。

　　對杜牧來說，揚州之所以值得懷念，主要不是因為它的繁華，而是因為這裏有牽掛的人。他所交往的歌伎，善解人意、才藝雙全、青春年華、娉娉裊裊，如含苞欲放的豆蔻，如出泥不染的蓮花。「春風十里揚州路，捲上珠簾總不如。」十里長街，富麗繁華。紅衣翠袖，鶯歌燕舞。但「春風十里不如你」，這是詩人杜牧對意中人的美妙讚頌。

　　離開揚州前的那個晚上，杜牧與所愛歌伎飲酒話別，徹夜長坐，熱淚不止，正如潸潸流淌的燭淚。而那燭淚，似乎也是為了詩人的離別而傷感。「多情卻似總無情」是情人離別時最深切的感受。古今中外，都市裏人來人往，總會上演很多悲歡離合。

寄揚州韓綽判官

唐 杜牧

青山隱隱水迢迢，
秋盡江南草未凋。
二十四橋明月夜，
玉人何處教吹簫？

 註釋

韓　綽：杜牧的朋友，事不詳。

判　官：地方主官的屬官。當時韓綽似擔任淮南節度使判官。

迢　迢：指江水悠長遙遠。

凋：凋謝。

二十四橋：一說為二十四座橋。一說有一座橋名叫二十四橋，也叫廿四橋。

玉　人：貌美之人。

揚州的名勝古跡有大運河揚州段、瘦西湖、个園、史可法祠墓等。

揚州因大運河而生，因大運河而興。春秋時期，吳王夫差溝通邗溝，修築的邗城城址即在今江蘇省揚州市境內。隋煬帝楊廣開鑿大運河，揚州（江都）成為溝通運河與長江的交通樞紐。元世祖忽必烈疏通京杭大運河後，揚州在元、明、清數百年間依然地處大運河樞紐位置。著名的瓜洲古渡即在古運河和揚子江的交匯處，地處揚州境內，與鎮江隔水相望。瓜洲最早在大江之中，四面環水，後泥沙淤積，與陸地相連，因形如瓜，故名。

瘦西湖原名保障湖。清乾隆年間，杭州詩人汪沆將此湖與家鄉的西湖比較，稱其為「瘦西湖」。瘦西湖在清代康乾時期已形成基本格局，其主要景點包括五亭橋、二十四橋、荷花池、釣魚台等，素有「園林之盛，甲於天下」之譽。

詩說

杜牧的這首詩,寫於他離開揚州,回到北方之後,贈詩的對象是他在揚州時的官府同事——韓綽判官。所以,這首詩有些私人書信的性質,口氣輕鬆活潑,像是在跟老朋友拉家常。

「青山隱隱水迢迢,秋盡江南草未凋。」北方與揚州相隔山山水水,路途迢迢,遙想江南一帶,雖然已經是深秋,但是草木還沒有凋零吧?確實,在長江流域,深秋時節依然一片生機。常綠喬木與落葉喬木雜生,地面鋪滿黃葉,山頭依然蒼翠。揚州城外,長江、運河與邵伯湖,水面不見寒冰,碧波依舊蕩漾。

其實,從地理上看,揚州地處長江北岸。但是,長期以來,揚州溝通江南江北,經濟繁榮富庶,文化事業昌盛,人們的衣食住行講求精緻細膩。從古至今,揚州文化與江南文化是相通相融、互為一體的。

杜牧在揚州生活過兩年左右,時間不算長,但是過得非常愉快,結交了不少好朋友。就像白居易時時懷念蘇杭,杜牧心心念念的總是揚州。

每逢陽春三月,杜牧總會想起「娉娉裊裊十三餘,豆蔻梢頭二月初」的那位歌伎;而到了深秋時節,遙望明月,他也會憶起當年與韓綽等同僚夜遊二十四橋,舉辦過的那些音樂雅集,絲竹之聲繞樑,歡歌笑語不斷。小橋明月,浪漫美麗;吹簫作樂,詩酒流連。「二十四橋明月夜,玉人何處教吹簫?」,這是多麼令人神往的揚州生活圖景!

春夜喜雨

唐　杜甫

好雨知時節，當春乃發生。

隨風潛入夜，潤物細無聲。

野徑雲俱黑，江船火獨明。

曉看紅濕處，花重錦官城。

 註釋

知：明白，知道。

發　生：萌發生長。

野　徑：野外的道路。

紅濕處：雨水濕潤的花叢。

花　重：花沾上雨水而變得沉重。

地理卡片　名城

「曉看紅濕處，花重錦官城。」你知道「錦官城」是哪裏嗎？它為甚麼叫「錦官城」呢？

錦官城，是古人對成都（今四川省省會成都市）的別稱。成都位於四川盆地的西部，西倚邛峽山為屏障，東有龍泉山拱衛，地處成都平原中心地帶。成都及周邊地區地勢平坦、土壤肥沃、氣候溫濕，岷江、沱江水系河網密集，加上戰國時期都江堰水利工程的修建，自古發展條件優越，被稱為「天府之都」。

成都具有世界罕見的 3000 年城址不變，2500 年城名不改的歷史特徵。此地古為蜀地，戰國時屬秦，秦置成都縣，為蜀郡治所，此時始稱成都。漢朝時，成都為益州治所。三國蜀漢和五代前蜀、後蜀等政權曾以成都為都城。

成都自古以來絲織業發達，特產蜀錦。三國蜀漢時管理織錦之官駐在成都，所以成都又叫「錦官城」、「錦城」。

唐朝時期，中國的「一線城市」，北方黃河流域有長安、洛陽，南方長江流域有揚州、益州（成都）。益州是西漢設置的十三刺史部之一，地處長江上游地區，包括今四川等地。而在很多場合下，人們就用益州來指代它的中心城市——成都。

唐玄宗天寶年間發生了「安史之亂」，跟很多官吏百姓一樣，杜甫和家人也流離失所、四處奔走。後來，在老朋友、劍南節度使嚴武的幫助下，杜甫來到成都，修築草堂，安頓下來。在成都，杜甫難得地過了幾年舒心日子。從生活了半輩子的北方黃河流域來到南方長江流域，他在仔細地觀察這裏的自然、氣候、天文和地理。

成都的春天到了，「信使」是春雨。春雨是好雨，它知時節、識時務，不討好、不居功。春雨「隨風潛入夜，潤物細無聲」，生怕驚擾到老人孩子、小貓小狗、花花草草，甚至不願意在白天打擾人們。春雨看似沒有雷霆萬鈞之勢，卻在無聲無息中給大地、給萬物帶來無盡的滋潤。

春天的夜晚，郊外一片漆黑。沙沙春雨，隱隱約約，更增加了春夜的靜謐。錦江之上，獨有一盞漁火點亮。東方欲曉，早起的人們幾乎認不出自己居住的這座城池。雨後之晨，各種鮮花滿城盛放，帶雨的花朵嬌豔欲滴。

成都的別稱是「錦官城」，這其中也有春雨的功勞。春夜喜雨，催生了桑樹的嫩葉細芽，給蠶寶寶提供最好的營養，進而產出優質的絲線。春夜喜雨，催生了滿城的桃李，給巧手繡女提供了最好的參考花樣。精巧的織工「遇見」上好的絲線，織造出美輪美奐的蜀錦綢緞，成就了這座「錦官之城」。

絕 句

唐 杜甫

兩個黃鸝鳴翠柳，

一行白鷺上青天。

窗含西嶺千秋雪，

門泊東吳萬里船。

 註釋

西嶺：指成都以西的雪山。

泊：停泊。

東吳：古吳國，即長江下游太湖流域一帶，在今江蘇省南部。

成都的名勝古跡眾多，有武侯祠、杜甫草堂、青羊宮、都江堰、青城山等。

武侯祠是紀念三國時期蜀漢丞相諸葛亮的祠堂，因諸葛亮生前被封為武鄉侯而得名。據史料記載，蜀漢皇帝劉備於公元 223 年病故白帝城後，靈柩運回成都，下葬於此，稱惠陵、漢昭烈廟。大約在南北朝時期，武侯祠與惠陵、漢昭烈廟合併一處。於是，武侯祠成了中國唯一的君臣合祀的祠廟。杜甫曾拜訪武侯祠並作《蜀相》一詩，其中有「丞相祠堂何處尋？錦官城外柏森森」之句。

都江堰位於成都市都江堰市城西，坐落在成都平原西部的岷江上，始建於戰國時期秦昭王末年，是蜀郡太守李冰父子在前人基礎上組織修建的大型水利工程。兩千多年來一直發揮着防洪灌溉的作用，使成都平原成為水旱從人、沃野千里的「天府之國」，至今灌區面積已超千萬畝。都江堰是中國古代勞動人民勤勞、勇敢、智慧的結晶。

　　杜甫的這首《絕句》，同樣是寫在成都的春天裏。要真正讀懂這首詩，需要深入了解成都在成都平原，在四川盆地，在整個中國所處的地理方位。

　　「兩個黃鸝鳴翠柳，一行白鷺上青天。」從古至今，成都的生態環境都很好。黃鸝、翠柳、白鷺，令人心情舒暢，充分體現了這座城市的生物多樣性。

　　成都為甚麼生態良好、宜人宜居？首先，它具有優越的自然和地理稟賦。成都位於四川盆地內，盆地北部的高山阻隔了來自北方的乾冷空氣，而盆地的形狀又有助於水汽聚合。因此，成都所在的蜀地降水充足。其次，在於人類的辛勞和智慧。早在戰國時期，秦國李冰父子就在成都平原西北部營建了都江堰工程，巧妙地利用江流和沙洲，合理分流岷江江水，用以灌溉和防洪，令成都平原旱澇由人，成為著名的「天府之國」。

　　「窗含西嶺千秋雪」，道出的是成都市民眼中的實景。成都的西部是高大綿延的邛崍山，海拔在 4000 米左右。群山背後，是世界屋脊青藏高原。而成都城區的海拔只有幾百米，相對高差特別大。在成都市區內，如果天氣情況良好，人們可以望見幾十千米、上百千米外的高山雪峯，彷彿巨大的屏障。

　　「門泊東吳萬里船」，則是唐朝「長江經濟帶」的一個縮影。成都地處岷江流域。岷江是長江的一級支流，水運條件良好。在古代很長一段時間裏，人們都以為岷江是長江的正源。從岷江坐船而下，可以直達長江幹流；順江而下，經過三峽、荊楚，就可以到達長江下游吳地，過金陵、下揚州。這東吳客船上的旅人，正是繁華都市「揚一益二」的見證者啊。

特色亭台樓閣 (例舉)

西部少數民族遊牧文化區

西南少數民族農業文化區

東部農業文化區

烏魯木齊

河

呼和浩特

北京 ★

銀川

太原

石家莊

西寧

黃

濟

黃

蘭州

西安

鄭州

鸛雀樓

華清宮

武漢

成都

重慶

長

江

黃鶴

杜甫草堂

岳陽樓

南昌

長沙

拉薩

貴陽

昆明

南寧

廣州

香港

澳門

海口

南

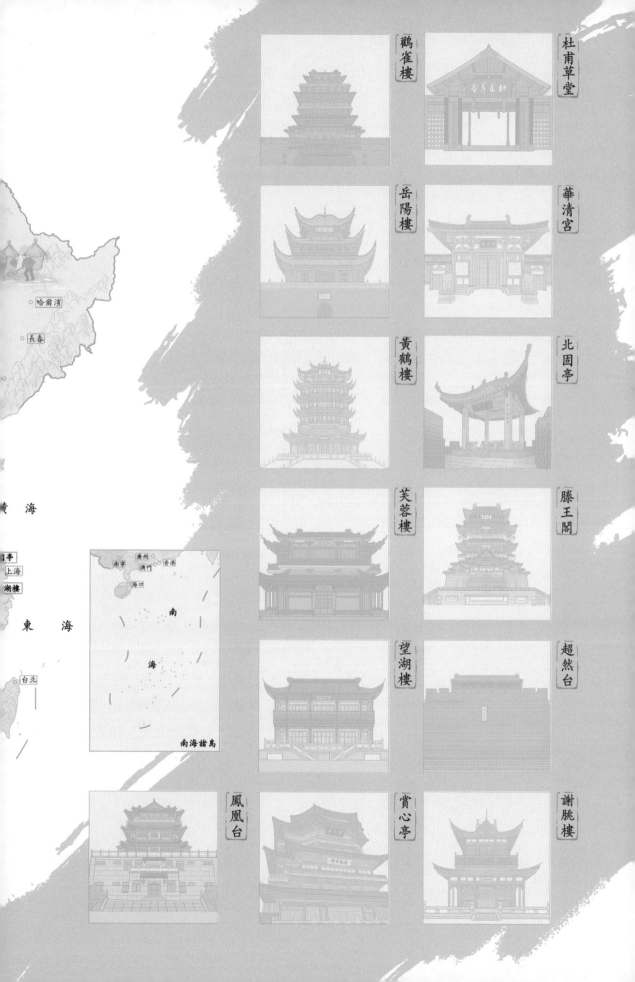

杜甫草堂

鸛雀樓

華清宮

岳陽樓

北固亭

黃鶴樓

滕王閣

芙蓉樓

超然台

望湖樓

謝朓樓

賞心亭

鳳凰台

哈爾濱

長春

黃海

上海

東海

台北

廣州

南寧

澳門

香港

海口

南海

南海諸島

第七章 名樓

居住，是人類的基本需求。因為需要居所，人類創造了建築。不過，自有建築以來，它的功用逐漸不再局限於居住。很多時候，建築是美，建築是意境，建築是人與自然的和諧關係。

中國是文明古國，中國的建築藝術源遠流長，建築文明獨樹一幟。自古以來，中國既有阿房宮、長樂宮、大明宮、紫禁城這樣巍峨雄偉的皇家建築；更有亭台樓閣、江南園林這樣靈動如水的民間建築。

中國人並不過分追求建築的不朽，事實上，很多亭台樓閣都經歷過屢毀屢建。中國人更加強調天人合一，常常將山、水、木、石等自然景觀融入建築，追求人與自然之間的和諧共生。

在中國人的心目中，建築與文學、詩意密不可分。傳統的「四大名樓」（山西永濟鸛雀樓、江西南昌滕王閣、湖北武漢黃鶴樓、湖南岳陽岳陽樓）也好，「四大名亭」（安徽滁州醉翁亭、浙江杭州湖心亭、北京陶然亭、湖南長沙愛晚亭）也好，無不與偉大的詩文作品交相輝映。「欲窮千里目，更上一層樓」，「昔人已乘黃鶴去，此地空餘黃鶴樓」「鳳凰台上鳳凰遊，鳳去台空江自流」……有詩文在，建築的精神魂魄就在。

過華清宮

唐 杜牧

長安回望繡成堆，

山頂千門次第開。

一騎紅塵妃子笑，

無人知是荔枝來。

 註釋

繡成堆：華清宮位於驪山，驪山右側有東繡嶺，左側有西繡嶺。唐玄宗在嶺上廣種林
木花卉，鬱鬱蔥蔥。

千　門：形容山頂宮殿壯麗，門戶眾多。

次　第：依次。

紅　塵：這裏指飛揚的塵土。

妃　子：指楊貴妃。

華清宮在長安的甚麼地方？

　　華清宮，也稱華清池，位於今陝西省西安市臨潼區驪山
北麓。此地從西周起即為王室貴族的離宮禁苑，唐玄宗時擴
建為華清宮，後毀於戰火。據唐《元和郡縣圖志》記載：「華
清宮在驪山上，開元十一年初置溫泉宮。天寶六年改為華清
宮。又造長生殿，及集靈台，以祀神。」

　　1982 年，人們在唐華清宮原址發現御湯遺址。後經發
掘，清理出五個湯池遺址，其中有供唐太宗沐浴的「星辰
湯」，供唐玄宗專浴的「蓮花湯」和供楊貴妃專浴的「海棠湯」
（也稱「芙蓉湯」），還發現殿基、石牆、柱礎、踏步、陶水道
等建築遺跡。1990 年，御湯遺址博物館建成開放。

杜牧的詠史詩賦非常有深意。他在《阿房宮賦》中寫道:「滅六國者,六國也,非秦也;族秦者,秦也,非天下也。」在《泊秦淮》中寫道:「商女不知亡國恨,隔江猶唱後庭花。」每當登臨古跡,他似乎總是在思索:我們能從歷史中吸取甚麼教訓?

華清宮,是唐長安附近的一處著名溫泉,位於驪山之上。提起華清宮,人們總會想到唐玄宗和楊貴妃的往事。白居易在《長恨歌》中寫道:「春寒賜浴華清池,溫泉水滑洗凝脂。」杜牧則在《華清宮》中寫道:「長安回望繡成堆,山頂千門次第開。」當年的華清宮華麗壯觀,驪山山頂宮門重重。這裏曾是帝王和寵妃的安樂窩。

據史書記載,楊貴妃生於蜀地,當地盛產荔枝,她也嗜好荔枝。為了滿足楊貴妃的願望,唐玄宗要求每年荔枝成熟時,用驛路快馬進貢。「一騎紅塵妃子笑,無人知是荔枝來。」看到快馬飛馳、塵土飛揚,看到驛使和馬匹不停接力,平民百姓以為他們在傳遞十萬火急的軍國文書。有誰知道,這竟然是為了傳遞博貴妃一笑的荔枝呢?

據考證,楊貴妃所吃的荔枝,來自蜀地涪州(今重慶市涪陵區)一帶。荔枝雖不是來自遙遠的嶺南,運送起來也非常艱辛。從蜀地入關中跋山涉水,要走以艱險著稱的「蜀道」,連續翻越巴山、秦嶺兩座大山脈。

如此巨大的成本,終究要老百姓來承擔;如此奢靡的生活,需要當事人付出高昂的代價。對唐玄宗來說,是天下大亂、生靈塗炭;對楊貴妃來說,是馬嵬坡前香消玉殞。《過華清宮》共一組三篇詩歌,此篇為第一篇,後兩篇中的「霓裳一曲千峯上,舞破中原始下來」;「雲中亂拍祿山舞,風過重巒下笑聲」,講述的就是「安史之亂」前後的波譎雲詭。

登鸛雀樓

唐 王之渙

白日依山盡，
黃河入海流。
欲窮千里目，
更上一層樓。

 註釋

窮：盡，使達到極點。
千里目：眼界寬闊。

地理卡片

名樓

這座令詩人「欲窮千里目」的鸛雀樓在甚麼地方？它有幾層樓呢？

鸛雀樓始建於南北朝的北周時期，故址位於今山西省運城市永濟市，前對中條山，下臨黃河。據記載，古鸛雀樓高三層，在古代是難得一見的高樓。傳說常有鸛雀在樓上停留，故有此名。鸛是一種大型水鳥，形似鶴或鷺，飛翔輕快，常活動於水流近旁，夜宿高樹。現山西省永濟市的鸛雀樓為仿唐建築，建成於 2002 年。

詩說

　　中國古代名樓，大多依山傍水，與名山大川相得益彰。鸛雀樓堪稱中國第一名樓，與它相伴的是黃河。

　　黃河中游，河水在晉陝峽谷中奔騰。河水出龍門後，河道豁然開朗，先後接納了河東的汾河、河西的渭河兩條重要的支流。鸛雀樓位於黃河東岸，就在汾河入河口和渭河入河口之間，它的上游是龍門山，下游是風陵渡，眼前是雄偉的中條山。登上鸛雀樓，這些景觀盡收眼底，其選址堪稱經典。

　　鸛雀樓始建於北周，到了唐朝已經聞名天下。以鸛雀樓為詩題的，不只王之渙這一首詩。比如，李益寫道：「鸛雀樓西百尺檣，汀洲雲樹共茫茫。漢家簫鼓空流水，魏國山河半夕陽。」暢當寫道：「迥臨飛鳥上，高出世塵間。天勢圍平野，河流入斷山。」這些詩歌，大多詳盡描繪了鸛雀樓的地理形勝。

　　相較之下，王之渙的《登鸛雀樓》更勝一籌。它的絕妙之處在於，語言更加明白曉暢，既有登臨者的「目擊直覺」，也有豐富的想象空間，令讀者感到身臨其境。「白日依山盡，黃河入海流。」白日西沉，落入華山；黃河東流，奔向大海。王之渙看到大海了嗎？肯定沒有，但是，詩人目送黃河遠去天邊，想象中黃河入海的景致與眼前黃河奔騰咆哮流歸大海的現實，結合得天衣無縫。

　　鸛雀樓高三層，這在當時是非常罕見的。因為中國古代建築多為土木材質、樑柱斗拱結構，大型多層建築建造起來十分困難。但是，已經見到絕世美景的王之渙，變得更加不滿足，他希望能有更高的樓層，看到更遠處的風景。這就是「欲窮千里目，更上一層樓。」

　　而且，這句詩更包含着一種積極向上的進取精神。令人不禁聯想到杜甫在《望嶽》中的那句「會當凌絕頂，一覽眾山小」。登高望遠，馳目騁懷，巍巍山河，澎湃我心！

望江南・超然台作

宋 蘇軾

春未老，風細柳斜斜。試上超然台上望，
半壕春水一城花。煙雨暗千家。

寒食後，酒醒卻咨嗟。休對故人思故國，
且將新火試新茶。詩酒趁年華。

註釋

壕：護城河。

寒食：節令。清明前為寒食節。

咨嗟：歎息、慨歎。

故國：這裏指故鄉、故園。

新火：唐宋習俗，清明前二天起，禁火三日。節後另取榆柳之火稱「新火」。

新茶：指清明前採摘的茶。

　　蘇軾不僅是一位文學大家，還是一位「基建達人」。他年輕時擔任鳳翔府（今陝西省鳳翔縣）判官，修建了喜雨亭；在密州（今山東省諸城市）任知州，修葺了超然台；被貶黃州（今湖北省黃岡市）時，修建東坡雪堂；任杭州知州時，又主持疏濬西湖，堆築蘇堤。

　　宋熙寧七年（公元 1074 年），蘇軾任密州知州。據他在《超然台記》中記述，到任之時，百廢待興，他一心埋頭理政。一年之後，蘇軾方有閒暇整飭庭院。庭院之北的一座舊城台，也被修葺一新。「而園之北，因城以為台者舊矣，稍葺而新之。」蘇軾的弟弟蘇轍，將它命名為「超然台」，取超然物外之意。

　　「春未老，風細柳斜斜。」寒食、清明前後，春色未盡，和風習習。「試上超然台上看，半壕春水一城花。煙雨暗千家。」蘇軾和一眾好友，登臨煥然一新的超然台。大家極目眺望，只見山清水綠、煙雨蒙蒙。護城河在台下流淌，波光粼粼，楊柳倒影。蘇軾來到密州後，將這條護城河徹底疏濬整飭一番，因此而頗得民心。如今，滿城鮮花盛放，男女老幼無不出遊賞春。

　　「寒食後，酒醒卻咨嗟。休對故人思故國，且將新火試新茶。」寒食過後，正是返鄉祭掃的清明時節。然而，時任密州知州的蘇軾卻無法歸鄉，不禁生出思鄉之情。但樂觀曠達的蘇軾卻能夠通過詩、酒、茶、友自我排遣。寒食前後，正是新茶上市的時節。古人習俗，此時鑽木取新火，替換去年的舊火。新火烹新茶，沁人心脾。超然台上，大家飲酒正酣，借詩酒以自娛。

　　蘇軾在密州期間，除了為超然台所作詩文，他還寫有《水調歌頭・明月幾時有》《江城子・密州出獵》《江城子・十年生死兩茫茫》等膾炙人口的名篇佳作，這是「詩酒趁年華」的蘇軾留給後世寶貴的精神文化遺產。

超然臺

客 至

唐 杜甫

舍南舍北皆春水，但見群鷗日日來。

花徑不曾緣客掃，蓬門今始為君開。

盤飧市遠無兼味，樽酒家貧只舊醅。

肯與鄰翁相對飲，隔籬呼取盡餘杯。

 註釋

客至：客指崔明府。杜甫在題後自註：「喜崔明府相過。」明府，唐人對縣令的稱呼。相過，即探望、相訪。

舍：指家。

花徑：長滿花草的小路。

蓬門：用蓬草編成的門戶，以示房子的簡陋。

盤飧：用盤子盛的食物。

市遠：離市集遠。

兼味：多種美味佳餚。無兼味，謙言菜少。

樽：酒器。

舊醅：隔年的陳酒。

肯：能否允許，這是向客人徵詢。

> 地理卡片
>
> 名樓
>
> 「花徑不曾緣客掃，蓬門今始為君開。」杜甫描繪的這個地方，是在哪裏呢？
>
> 這是位於成都浣花溪邊的杜甫草堂，在今四川省成都市青羊區。
>
> 唐乾元二年（公元 759 年）冬天，杜甫為避「安史之亂」，攜家帶口由隴右輾轉來到成都。次年春，杜甫在友人嚴武的幫助下，在成都西郊浣花溪畔修建茅屋。第三年春，茅屋落成，稱「成都草堂」。杜甫在此居住近四年，創作詩歌 240 餘首。杜甫離開成都後，草堂便傾毀不存。唐末詩人韋莊尋得草堂遺址，重結茅屋，使之得以保存，以後歷代都有修葺擴建。如今已成為佔地近 300 畝的杜甫草堂博物館。

詩說

中國古代的亭台樓閣，大多是休憩賞玩之所。不過，杜甫在成都的草堂，可不是他的別墅或後花園，而是他在成都的唯一住處。這座「草堂」名副其實，就是用茅草搭建而成。杜甫在《茅屋為秋風所破歌》中寫道，「八月秋高風怒號，捲我屋上三重茅」；「牀頭屋漏無干處，雨腳如麻未斷絕」。這座自建房的建築質量，由此可見一斑。

不過，在成都草堂的這幾年，雖然生活窘迫，但妻兒俱在，無病無災，沒有顛沛流離，杜甫的內心相當安寧。「細雨魚兒出，微風燕子斜。城中十萬戶，此地兩三家。」這是春日草堂即景；「老妻畫紙為棋局，稚子敲針作釣鈎。」這是夏日草堂閒情。

草堂剛剛落成的那個春天，一位姓崔的故人將要來訪。杜甫和家人，早早地開始張羅準備。因為心情愉悅，眼中看到的一切都是明媚歡快的：「舍南舍北皆春水，但見群鷗日日來。」平時只有這些鷗鳥為伴，而在今天，它們彷彿也要加入歡迎的行列呢！「花徑不曾緣客掃，蓬門今始為君開。」浣花溪前花徑幽深，落英繽紛；平日裏疏於打掃，今天為了佳客將院子整飭一新。

有朋自遠方來，不亦樂乎？杜甫夫婦，也許早就打發孩子去市場上沽酒買菜。不過，老夫妻倆心中仍有小忐忑：「盤飧市遠無兼味，樽酒家貧只舊醅。」只怕菜不夠多、酒不夠醇，到時候要請客人多多海涵了。

「肯與鄰翁相對飲，隔籬呼取盡餘杯。」請問老友崔明府，我可否邀請隔壁鄰居助興，大家一起來喝幾杯，好好消磨這半日春光？草堂雖陋，菜餚雖簡，但有落英繽紛，有善鄰如斯，豈不樂哉？

登岳陽樓

唐 杜甫

昔聞洞庭水，今上岳陽樓。

吳楚東南坼，乾坤日夜浮。

親朋無一字，老病有孤舟。

戎馬關山北，憑軒涕泗流。

 註釋

坼：分裂，劃分。

乾　坤：天地，此指日月。

無一字：杳無音訊。字，這裏指書信。

戎馬關山北：北方邊關戰事又起。

憑　軒：倚着樓窗。軒，有窗的長廊或小屋。

涕泗流：眼淚禁不住地流淌。涕泗，眼淚和鼻涕。

地理卡片 ● 名樓

「昔聞洞庭水，今上岳陽樓。」洞庭水和岳陽樓，它們之間是甚麼關係？

洞庭湖位於今湖南省北部，長江南岸，現為中國第二大淡水湖，面積 2579.2 平方千米，湖面海拔 35 米，最深處 23.5 米，總容積 220 億立方米。洞庭湖北銜長江，南及西接納湘江、資水、沅江、澧水等長江支流。湖面因季節變化伸縮性很大。洞庭湖昔日號稱「八百里洞庭」，現已被分割為許多湖泊。湖中君山獨秀，東岸有著名的岳陽樓。

岳陽樓是江南三大名樓（岳陽樓、黃鶴樓、滕王閣）之一，在今湖南省岳陽市，是岳陽古城的西門城樓，下臨洞庭湖。岳陽樓始建於唐朝，此後數千餘年間，屢毀屢修。其中以北宋滕子京重修，范仲淹為之作《岳陽樓記》最為著名。今岳陽樓為純木結構，重檐盔頂，主樓三層，黃色琉璃瓦頂，氣勢雄偉，巍峨壯觀。

詩說

　　長江中游，荊楚之間，上古時期有雲夢澤，大澤無邊，雲蒸霞蔚。雲夢澤消退後，又有「八百里洞庭」，吐納四水，銜接長江。洞庭湖畔有岳陽城，岳陽城頭是岳陽樓。

　　岳陽樓天下聞名，人們都以登臨岳陽樓為榮。不同詩人的眼裏，有不同的洞庭湖和岳陽樓。孟浩然說：「氣蒸雲夢澤，波撼岳陽城。」李白說：「劃卻君山好，平鋪湘水流。巴陵無限酒，醉殺洞庭秋。」劉禹錫說：「遙望洞庭山水色，白銀盤裏一青螺。」

　　唐大歷三年（公元 768 年），57 歲的杜甫離開夔州（今重慶市奉節縣），沿長江一路漂泊，拖家帶口來到岳陽。「昔聞洞庭水，今上岳陽樓。」他看到了甚麼？

　　「吳楚東南坼，乾坤日夜浮。」大澤大到甚麼程度？讓人感覺長江中游的楚地和下游的吳地，就是靠着這片水域來劃分疆界；天地和日月，就漂浮在雲夢澤、洞庭水上。

　　此時的杜甫，是「親朋無一字，老病有孤舟」。自從離開成都草堂，他人生的最後那些年，無所從事，居無定所，常年漂泊於江湖之上。「戎馬關山北，憑軒涕泗流。」然而，即便潦倒到這般境地，他仍心繫國家安危，拳拳之心真摯感人。

　　兩年後，杜甫在由潭州（今湖南省長沙市）往岳陽的一條小船上去世。「親朋無一字，老病有孤舟。」在岳陽樓上的感慨，不料一語成讖。

　　許多年後，北宋年間，貶謫岳陽的地方官滕子京重修岳陽樓，請一代名臣范仲淹撰寫《岳陽樓記》。范仲淹寫道：「先天下之憂而憂，後天下之樂而樂。」這種胸懷蒼生社稷的情懷和境界，正與杜甫一脈相承。

黃鶴樓

唐 崔顥

昔人已乘黃鶴去，此地空餘黃鶴樓。

黃鶴一去不復返，白雲千載空悠悠。

晴川歷歷漢陽樹，芳草萋萋鸚鵡洲。

日暮鄉關何處是？煙波江上使人愁。

 註釋

歷　歷：清楚可數。

漢　陽：地名，現湖北省武漢市漢陽區，與黃鶴樓隔江相望。

鸚鵡洲：唐朝時在漢陽西南長江中的一座小洲，後逐漸被水沖沒。據《後漢書》記載，
　　　　　漢末黃祖擔任江夏太守時，在此大宴賓客，有人獻上鸚鵡，故而得名。

萋　萋：形容草木長得茂盛。

鄉　關：故鄉。

地理卡片 ● 名樓

　　詩中的「漢陽樹」、「鸚鵡洲」這些景觀都位於今湖北省武漢市。那麼，黃鶴樓跟武漢之間是甚麼關係呢？

　　黃鶴樓故址在今湖北省武漢市武昌區蛇山的黃鵠磯頭，地處長江南岸。《太平寰宇記》記載：「昔費禕登仙，每乘黃鶴於此憩駕，故號為黃鶴樓。」相傳始建於三國吳黃武二年（公元 223 年），雄偉壯麗，歷代屢毀屢建。唐崔顥、李白及宋陸游等均有題詩。今日黃鶴樓為 1985 年在今址（蛇山西端高觀山西坡）重建，共五層，高 50.4 米。

　　黃鶴樓是武漢的標誌性建築。不過，在黃鶴樓始建和出名的時候，還沒有「武漢」這座城市。黃鶴樓所在的武漢市武昌一帶，唐朝時稱作鄂州。登樓遠眺，江對岸便是漢陽，那時的漢陽還是一片「晴川歷歷漢陽樹」的原生態景觀。後來，武昌、漢陽、漢口三鎮依託長江和漢江，不斷發展壯大和融合，最終形成了九省通衢的「大武漢」。

如果說黃河的「代言」建築是鸛雀樓，那麼長江的「代言」建築就是黃鶴樓。這兩座名樓，各用一種水鳥來命名，既是一種巧合，也是中國人親近自然、崇尚天人合一的一種體現。

「昔人已乘黃鶴去，此地空餘黃鶴樓。黃鶴一去不復返，白雲千載空悠悠。」前三句反復提到「黃鶴」，堪稱一唱三歎：黃鶴呀黃鶴，仙人呀仙人，你們真是可望而不可即！事實上，格律詩十分「忌諱」重字重詞，《黃鶴樓》這首詩卻成功突破了律詩格律的忌諱。前四句看似信口隨意，實則一氣呵成，毫無滯澀之感。

「晴川歷歷漢陽樹，芳草萋萋鸚鵡洲。」這是初夏的感覺，這是陽光的味道。芳草萋萋，萬物瘋長，日光明媚，通照萬物；晴川歷歷，白雲悠悠，綠樹芳草，色彩繽紛。

「黃鶴一去不復返」，黃鶴與仙人，誰人能得一見？「白雲千載空悠悠」，千年的雲，你知道答案嗎？「日暮鄉關何處是？煙波江上使人愁。」暮色降臨，夕陽灑滿江面。煙波浩渺，船隻來往穿梭。天地蒼茫，曠古的孤獨感驀然襲上詩人心頭：昔人何在，鄉關何處？

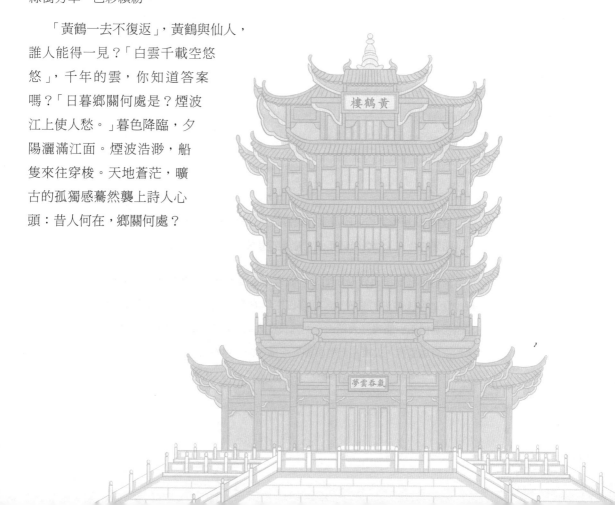

黃鶴樓送孟浩然之廣陵

唐 李白

故人西辭黃鶴樓，
煙花三月下揚州。
孤帆遠影碧空盡，
唯見長江天際流。

 註釋

之：去。

廣陵：即揚州，今江蘇省揚州市，位於長江下游。

故人：老朋友，這裏指孟浩然。

煙花：形容柳絮飄飛，繁花似錦的春天景物。

地理卡片 名樓

「孤帆遠影碧空盡，唯見長江天際流。」是李白在黃鶴樓上觀賞到的風景。如果在今天，你登臨黃鶴樓，會看到怎樣的景象呢？

黃鶴樓在歷史上曾屢毀屢建。如果你登臨今日的黃鶴樓，不僅可以眺望長江上來往穿梭的船隻，尋找李白當年的感覺，還可以看到中華人民共和國修建的第一座長江大橋——武漢長江大橋的雄姿。大橋連接大江南北，串起京廣鐵路線，火車在黃鶴樓腳下呼嘯而來，呼嘯而過。

傳說李白青年之時愛好遊山玩水，各地名山盛景均留下了他的詩作。當他登上黃鶴樓之時，本也想賦詩一首，突然看到樓上崔顥的《黃鶴樓》，於是輟筆不作，大發感慨：「眼前有景道不得，崔顥題詩在上頭。」李白的這首《黃鶴樓送孟浩然之廣陵》，重點也並非寫景，而是表達一種詩意的離別。

煙花三月，春意正濃。李白在黃鶴樓送別友人孟浩然。孟浩然年長李白十多歲，李白對這位兄長非常敬重，他曾說：「吾愛孟夫子，風流天下聞。」李白的故鄉，在長江上游蜀地；孟浩然的故鄉，在漢江上游的襄陽。他們在黃鶴樓流連聚會，就像長江與漢江在這裏匯流，浩浩湯湯，蔚為壯觀。

「故人西辭黃鶴樓，煙花三月下揚州。」孟浩然要遠行，目的地是長江下游的廣陵（揚州）。從黃鶴樓到揚州，順江而下，東向而行，走水路要一千多里。這一路不會孤單寂寞，也不會枯燥單調，因為這是煙花三月，可以盡賞春日的長江景象：煙波浩渺，煙雨蒙蒙；江花勝火，桃紅柳綠。

黃鶴樓宴飲罷，孟浩然登舟，李白踏歌，目送帆船遠去。「孤帆遠影碧空盡，唯見長江天際流。」這是長江中下游典型的景致。大江東去，碧空如洗，江面寬廣壯闊。孤帆一片，在江面上愈來愈小，漸漸地只剩下桅杆的尖尖；一江春水，滾滾東去，流向水天相接的遠方。

滕王閣詩

唐 王勃

滕王高閣臨江渚，佩玉鳴鸞罷歌舞。

畫棟朝飛南浦雲，珠簾暮捲西山雨。

閒雲潭影日悠悠，物換星移幾度秋。

閣中帝子今何在？檻外長江空自流。

 註釋

渚：江中小洲。

佩玉鳴鸞：身上佩戴的玉飾、響鈴。鸞，傳說中鳳凰一類的鳥。

南　　浦：地名，在今江西省南昌市西南。浦：水邊或河流入海的地方。

西山：南昌名勝，一名南昌山、厭原山、洪崖山。

帝子：指滕王李元嬰，唐高祖李淵的兒子，滕王閣的修建者。

檻：欄杆。

長江：這裏指贛江。

地理卡片 ● 名樓

「滕王高閣臨江渚」，滕王閣在甚麼地方？它臨的江是哪條江呢？

滕王閣是江南三大名樓之一，在今江西省南昌市贛江之濱。唐永徽四年（公元 653 年），唐高祖李淵的兒子李元嬰（滕王）任洪州（今江西省南昌市）都督時所建，以封號為名。與其他名樓類似，滕王閣也經歷了屢毀屢建。現滕王閣於 1983 年重建，1989 年建成，共九層，碧瓦重檐，氣勢雄偉。

滕王閣下臨贛江。贛江是長江支流，江西省內最大的河流，長 744 千米，流域面積為 8 萬餘平方千米。它的東源貢水出武夷山，西源章水出大庾嶺，在贛州匯合後稱贛江。「贛」字即由「章」「貢」兩字合而為一。贛江曲折北流，在南昌以下分為十數支，主流在廬山市注入鄱陽湖。

 詩人卡片

姓　　名：王勃
生卒年：650—676 年
字　　號：字子安
代表作：
《滕王閣序》《滕王閣詩》
《送杜少府之任蜀州》等
主要成就：
唐朝文學家，與楊炯、盧照鄰、駱賓王共稱「初唐四傑」

詩說

　　長江中游支流眾多，漢江、湘江和贛江為其大者，它們分別流經今湖北省、湖南省和江西省。三江之上，或者它們與長江匯流之處，亦分別有黃鶴樓、岳陽樓和滕王閣，合稱「江南三大名樓」。其中，滕王閣位於今江西省南昌市（古稱豫章、洪州）的贛江之濱。

　　唐高宗上元二年（公元 675 年），洪州主官閻伯嶼大宴群僚於滕王閣。當時，年輕的王勃前往交趾（今越南）探望父親，路過此地，受邀赴宴。古人雅集，都要撰寫序文。傳說，閻伯嶼讓其女婿預先備好序文，假意請眾賓客作序。大家都謙遜推辭，唯有王勃欣然命筆。閻伯嶼開始很不高興，假意離開，讓其下人觀看，寫一句報一句。不料，他越聽越驚喜，當聽到「落霞與孤鶩齊飛，秋水共長天一色」這句，大呼王勃為「天才」。

　　王勃所作，就是名傳千古的《滕王閣序》。《滕王閣詩》是《滕王閣序》的一部分，位於全文的結尾處，是對文章內容的總結概括。

　　「滕王高閣臨江渚，佩玉鳴鸞罷歌舞。畫棟朝飛南浦雲，珠簾暮捲西山雨。」滕王閣雕樑畫棟，朝雲暮雨，少長咸集，歌舞昇平。高閣下臨贛江，可觀江流湯湯北去。遙想大江匯入鄱陽湖，秋水長天，大澤浩蕩，落霞斜陽，孤鶩高飛。鄱陽湖又吐納長江，湖口有江州城（今江西省九江市）與匡廬山。

　　「閒雲潭影日悠悠，物換星移幾度秋。閣中帝子今何在？檻外長江空自流。」滕王閣建於公元 653 年，幾乎與王勃同齡。王勃登臨此閣，俯瞰大江，觀覽日月，雖不過二十多歲，但也不禁感慨物換星移、人事無常。當年修建閣樓的帝子（滕王李元嬰），如今又在何方？

　　作《滕王閣序》和《滕王閣詩》後不久，王勃就在探父歸途中落海溺水，驚嚇而亡。他的英年早逝，也令後人感慨唏噓——「物換星移幾度秋」。但是，少年天才已然是文學史上閃亮的一顆星。以王勃為首的「初唐四傑」，對唐詩的發展影響深遠，備受杜甫等一大批後世詩人的敬佩和推崇。

秋登宣城謝朓北樓

唐 李白

江城如畫裏，山晚望晴空。

兩水夾明鏡，雙橋落彩虹。

人煙寒橘柚，秋色老梧桐。

誰念北樓上，臨風懷謝公。

 註釋

宣城：即今安徽省宣城市，位於皖南地區。

兩水、雙橋：兩水指宛溪、句溪。宛溪上有鳳凰橋，句溪上有濟川橋。

謝公：即謝朓。南朝蕭齊詩人，出身世家大族陳郡謝氏，與「大謝」謝靈運同族，世稱「小謝」。

地理卡片 —— 名樓

宣城謝朓北樓位於今安徽省宣城市，它同南朝詩人謝朓有甚麼關係呢？

南朝蕭齊時期，謝朓擔任宣城太守，在郡城之北的陵陽山修建一樓，稱「高齋」。唐代時，為紀念謝朓，人們重建此樓，以其在郡署之北，稱北望樓或北樓，又稱謝朓樓、謝公樓、疊嶂樓。大詩人李白曾登臨謝朓樓，作有《宣州謝朓樓餞別校書叔雲》《秋登宣城謝朓北樓》等詩歌。從此謝朓樓更加聞名天下。

此後，謝朓樓又經過多次被毀、改建、重建，今不但有復建的謝朓樓，還保存了原謝朓樓的遺址。

南朝著名詩人謝朓，是中國山水詩的開創者之一，與同族詩人謝靈運並稱「大謝」、「小謝」。謝朓曾出任宣城太守，在那裏留下不少詩篇與遺跡，其中就有位於城北的謝朓樓。

謝朓的詩風清新自然，對唐詩發展影響很大，李白尤其欣賞謝朓的風格，對他推崇備至。李白曾在涇縣一帶遊歷，留下了《贈汪倫》等著名詩篇。而在登臨宣城謝朓樓，與友人暢飲之後，李白難抑滿懷詩情，在《宣州謝朓樓餞別校書叔雲》一詩中直抒胸臆：「長風萬里送秋雁，對此可以酣高樓。蓬萊文章建安骨，中間小謝又清發。」

《秋登宣城謝朓北樓》是李白登臨謝朓樓的另一篇詩作。這一次，他努力讓自己平靜下來，試着用當年謝朓的眼睛，來細細觀察宣城的山山水水、一草一木，體味「江城如畫裏，山晚望晴空」的意境。

宣城地處江南，地貌兼有山地、丘陵、河谷與平原。源自天目山、黃山等周邊山地的多股溪水流向宣城。兩條主要的溪水宛溪、句溪繞城而過，溪水清冽，匯聚成湖。溪上各有一座虹橋，虹橋的影子倒映在水中。這便是「兩水夾明鏡，雙橋落彩虹」。溪水在宣城匯聚後稱水陽江，水陽江匯入青弋江，青弋江匯入長江。故此，從宣城乘舟而下，可以直抵長江。

秋日的宣城，城內炊煙裊裊，百姓安居樂業；城外山巒起伏，風景如詩如畫。「人煙寒橘柚，秋色老梧桐。」城郊的敬亭山上，有常綠闊葉喬木，譬如橘樹和柚樹，它們的葉子依舊油綠，纍纍果實掛滿枝頭；有落葉闊葉喬木，譬如梧桐與欒樹，它們的葉子依次變成金色、黃色與紅色。秋草漫山、修竹青翠、眾鳥歸巢、餘霞如綺，一派深秋氣象。

「誰念北樓上，臨風懷謝公。」起風了。謝朓北樓上，李白又端起了酒杯，隔空數百年，遙敬謝公前輩。他們是一樣的滿腹才華，一樣的滿腔抱負，但也一樣的壯志難酬，雖然相隔數百年，卻如推心置腹的知己。

登金陵鳳凰台

唐 李白

鳳凰台上鳳凰遊，鳳去台空江自流。

吳宮花草埋幽徑，晉代衣冠成古丘。

三山半落青天外，二水中分白鷺洲。

總為浮雲能蔽日，長安不見使人愁。

 註釋

江：長江。

吳　　宮：三國時孫吳曾於金陵建都築宮。

衣　　冠：士大夫的穿戴，借指士大夫、官紳。

浮雲蔽日：比喻讒臣當道障蔽賢良。浮雲，比喻奸邪小人。日，指代皇帝，古
　　　　　代把太陽看作是帝王的象徵。

長　　安：這裏用都城長安指代朝廷和皇帝。

地
理
卡
片

名
樓

「鳳凰台上鳳凰遊」，有着神話色彩的鳳凰台在金陵的甚麼地方？今天我們如果去金陵，還能找到這座高台嗎？

鳳凰台是一座古亭台，晉時在秣陵的三井里有一座白塔寺，秣陵位於南京市江寧區中部，東與秦淮河相隔。東晉升平年間（公元 357—361 年）有鳳凰集於此地，於是築台名鳳凰台。南朝宋時這座鳳凰台被毀，在其故址修建了保寧寺，鳳凰台的台基就位於寺後，但這一遺跡今已無存。

詩說

　　金陵是一座繁華都會，更是聞名天下的六朝古都。在金陵旅行，李白慣於交遊和宴飲。他曾在《金陵酒肆留別》中寫道：「風吹柳花滿店香，吳姬壓酒勸客嚐。金陵子弟來相送，欲行不行各盡觴。」

　　在金陵旅行，李白更常常穿行於悠長的歷史隧道。這裏有太多的古跡值得人們去憑弔。位於金陵城南、秦淮河畔的鳳凰台，是一處六朝遺跡。古人認為，只有國家治理清明，天下晏安，神鳥瑞獸才會現世。而如今，江山易主，人事代謝，不見鳳凰，只有台下江水依舊滾滾東流。李白將眼中所見和心中感慨用詩歌進行表達，正是第一聯的意蘊所在。

　　「鳳凰台上鳳凰遊，鳳去台空江自流。」兩句詩中三次出現「鳳」字，第一句中更是兩次出現「鳳凰」。七言律詩對於格律和平仄的要求極其嚴苛，也許，只有李白這樣的天才才能做到「隨心所欲不逾矩」。能與此相提並論的，恐怕只有崔顥在《黃鶴樓》中連用的三個「黃鶴」。

　　金陵城內的六朝遺跡，豈止一個鳳凰台。「吳宮花草埋幽徑，晉代衣冠成古丘。」遙想當年，吳國建都建鄴，一派繁華興盛景象。東晉時建康城內的簪纓世族，煊赫一時，如今也已成為一堆荒冢。人生短暫，世事無常，如今的故地只剩下寂寥的荒冢幽徑。

　　「三山半落青天外，二水中分白鷺洲。」三山是金陵城南的一座山，白鷺洲是古時秦淮河中的沙洲。在李白眼中筆下，三山和青天連在一起，白鷺洲又將秦淮河水劈為兩半，這是何等的壯闊！

　　「總為浮雲能蔽日，長安不見使人愁。」顯然，李白是在借古諷今，抒發懷才不遇、報國無門的苦悶。當時，唐玄宗已經殆於朝政，奸臣當道，邊將蠢蠢欲動。浮雲蔽日，隱喻朝政腐敗、奸佞蔽賢；長安不見，則是李白對於朝廷社稷、黎民百姓的擔憂。

水龍吟·登建康賞心亭

宋 辛棄疾

楚天千里清秋，水隨天去秋無際。遙岑遠目，獻愁供恨，玉簪螺髻。落日樓頭，斷鴻聲裏，江南遊子。把吳鉤看了，欄杆拍遍，無人會，登臨意。

休說鱸魚堪膾，盡西風，季鷹歸未？求田問舍，怕應羞見，劉郎才氣。可惜流年，憂愁風雨，樹猶如此！倩何人喚取，紅巾翠袖，搵英雄淚！

 註釋

建　　康：今江蘇省南京市。

遙　　岑：遠山。

玉簪螺髻：玉做的簪子，像海螺形狀的髮髻，這裏比喻高矮和形狀各不相同的山嶺。

斷　　鴻：失群的孤雁。

吳　　鈎：古代吳地製造的一種寶刀。

倩：請託。

紅巾翠袖：女子裝飾，代指女子。

搵：擦拭。

地理卡片 ｜ 名樓

　　這首詞是辛棄疾登建康賞心亭而作，那麼賞心亭建於何時，又位於建康的甚麼方位呢？

　　賞心亭，位於今南京市朝天宮西南水西門。一種說法認為，賞心亭是南朝梁代徐陵始建，北宋丁謂任知州時重修。此亭位置絕佳，金陵城西美景全可觀，秦淮河上的曲歌盡可聞。南宋《景定建康志》載：「賞心亭在下水門城上。下臨秦淮，盡觀賞之勝。」據傳，亭內曾懸掛宋真宗賜丁謂的唐代名畫《袁安臥雪圖》。後亭毀於火。王安石、蘇軾、范成大、張孝祥、陸游、辛棄疾等都曾登臨賞心亭並賦詩作詞。

　　賞心亭歷經多次毀壞與重建，至近代時已損毀殆盡。新世紀初，南京市在水西門外，秦淮河畔重建了賞心亭。

中國古代的文學家中，文武雙全的人物鳳毛麟角，辛棄疾就是其中一位。「壯歲旌旗擁萬夫，錦襜突騎渡江初」，他早年參加抗金義軍，曾冒死衝入敵營擒拿叛徒，後率眾渡江投奔南宋。然而，南宋朝廷並無抗金北伐鬥志，辛棄疾壯志難酬。

南渡之後，辛棄疾曾任建康通判。在此期間，他多次登臨賞心亭。賞心亭本是為「賞心悅目」而建，然而，辛棄疾的內心卻是五味雜陳。

「楚天千里清秋，水隨天去秋無際。遙岑遠目，獻愁供恨，玉簪螺髻。」建康地處吳頭楚尾，清秋時節，天高雲淡，天空與江水似乎融為一體；山巒起伏，如同虎踞龍盤，又如少女髮髻，青蔥嫵媚。

「落日樓頭，斷鴻聲裏，江南遊子。」南宋朝廷不思進取，國勢危殆。斷鴻之聲，淒慘哀切，更添煩憂。「把吳鈎看了，欄杆拍遍，無人會，登臨意。」辛棄疾本就不是普通的文弱書生，他的理想是沙場殺敵，馬革裹屍。然而，有志難酬，英雄無用武之地，怎能不令人感到苦悶呢！

下半闋詞中，辛棄疾連用三個典故，氣勢如虹，毫不滯澀。「休說鱸魚堪膾，盡西風，季鷹歸未？」西晉年間，張翰（字季鷹）在洛陽為官，見西風起，不禁思念起家鄉的蓴菜羹和鱸魚膾來，於是辭官　歸鄉。「求田問舍，怕應羞見，劉郎才氣。」三國時期，許汜言談庸碌，只有買田買房這些話題，被劉備（劉郎）當面鄙視。「可惜流年，憂愁風雨，樹猶如此！」東晉大將桓溫北伐，見當年手植樹木已粗壯合圍，不禁感慨流年飛逝。辛棄疾借用這三個典故，表達自己不學張翰、許汜般貪圖安逸而忘懷國事，渴望收復河山、建功立業的急切心情。

但是，他也深知，走上這條路，就意味着孤獨寂寞、艱辛坎坷。賞心亭上，吳鈎看了，欄杆拍遍，且掬一捧英雄淚！

芙蓉樓送辛漸（二首）

唐　王昌齡

寒雨連江夜入吳，平明送客楚山孤。

洛陽親友如相問，一片冰心在玉壺。

丹陽城南秋海陰，丹陽城北楚雲深。

高樓送客不能醉，寂寂寒江明月心。

註釋

辛漸：詩人的一位朋友。

平明：天亮的時候。

冰心：比喻純潔的心。

玉壺：道教概念，專指自然無為虛無之心。

丹陽：古郡名，鎮江（潤州）曾屬丹陽郡。

楚雲：指楚天之雲。

地理卡片 ● 名樓

「寒雨連江夜入吳，平明送客楚山孤。」吳和楚都是古國，芙蓉樓與它們之間是甚麼關係呢？

芙蓉樓是一座古樓台，故址位於潤州（又稱京口，今江蘇省鎮江市）。登樓可以俯瞰長江，遙望江北。潤州城在東吳初期開始修築，東晉時期，鎮守京口的都督王恭將此地的西南樓更名為萬歲樓，西北樓更名為芙蓉樓，均為當時的登臨名勝。

潤州，地處長江下游的江南地區。春秋戰國時期，這一帶先後屬於吳國和楚國。「丹陽城南秋海陰，丹陽城北楚雲深。」一種說法認為，潤州在歷史上曾屬丹陽郡管轄，故詩中以丹陽指代潤州。另一種說法認為，當時潤州下轄有丹陽縣，以丹陽指代潤州。

詩說

　　這組詩大約創作於唐天寶元年（公元 742 年），王昌齡被朝廷貶謫為江寧（今江蘇省南京市）縣丞。當時，他的朋友辛漸要從江寧前往洛陽，王昌齡為他送行。唐宋時期，人們由江寧去中原，經典線路是先從江寧順江而下，抵達不遠處的潤州（鎮江）；在潤州金陵渡橫渡長江，抵達對岸的揚州瓜洲渡；再駛入大運河，前往汴梁（開封）、洛陽等地。這條線路，宋代的王安石在《泊船瓜洲》中也有過細緻的描述。

　　王昌齡送別辛漸，一直從江寧送到潤州，在當地名樓芙蓉樓擺酒送別。這幾年間，王昌齡屢次被朝廷貶謫，此前甚至被貶到嶺南地區，又因為性格疏狂遭人非議，所以心情相當灰暗。他很需要有一位知心朋友來吐露心聲、排遣憂愁。這兩首《芙蓉樓送辛漸》其實是「倒敍」：第二首描述的是昨晚夜宴，第一首描寫的則是天明送別。

　　「寒雨連江夜入吳，平明送客楚山孤。」秋冬季節，江南地區天氣陰冷刺骨，十分難熬。這一次的冬雨，連日連夜，絲毫沒有停歇之意。天色微亮，從芙蓉樓望出去，大江之上一片水霧茫茫。潤州江邊有焦山、金山、北固山等山峯，都是孤峯突兀、形單影隻。「丹陽城南秋海陰，丹陽城北楚雲深。」芙蓉樓地處城北，此時的天空彤雲密佈，彷彿王昌齡沉悶壓抑的心情。

　　「洛陽親友如相問，一片冰心在玉壺。」當時的政治、經濟、文化中心在長安、洛陽，王昌齡曾長期在那裏生活，有很多知交故舊。臨別之前，依依話別：「辛漸兄，請一定告訴洛陽的親友們，我還是那個一塵不染、冰清玉潔的王昌齡啊！」這是詩人在對世俗的污蔑之詞進行堅決的回擊，也是對親友的深情告慰。

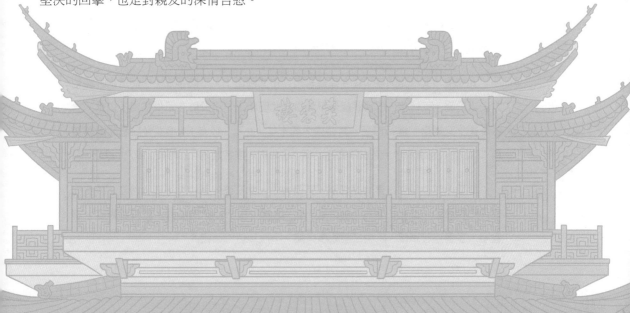

南鄉子・登京口北固亭有懷

宋 辛棄疾

何處望神州？滿眼風光北固樓。千古興亡多少事？悠悠。不盡長江滾滾流。

年少萬兜鍪，坐斷東南戰未休。天下英雄誰敵手？曹劉。生子當如孫仲謀。

 註釋

南鄉子：詞牌名。

京　口：今江蘇省鎮江市。

神　州：這裏指中原地區。

年　少：年輕。指孫權十九歲繼父兄之業統治江東。

兜　鍪：原指古代作戰時兵士所帶的頭盔，這裏代指士兵。

坐　斷：坐鎮，佔據。

東　南：三國時期吳國地處東南方。

曹　劉：指曹操與劉備。

孫仲謀：孫權，字仲謀，三國時期東吳國主。

地理卡片・名樓

「何處望神州？滿眼風光北固樓。」北固樓在甚麼地方？為甚麼可以在這裏望神州？

北固樓，又稱北固亭，在今江蘇省鎮江市北固山上，下臨長江，三面環水。據地方史志記載，東晉時，都督蔡謨最早建樓於北固山上，用於貯存軍備物資。後來東晉名臣謝安又對樓宇進行修葺。南朝梁大同十年（公元 544 年），梁武帝登臨北固樓後稱：「此嶺不足須固守，然京口實乃壯觀。」此後，樓名定為「北固樓」或「北顧樓」。

北固山位於鎮江市東北的江濱，有南、中、北三峯。其中北峯三面臨江，凌空而立，形勢險固。北固山素有「京口第一山」之稱，山上除北固樓外，還有甘露寺、凌雲亭、多景樓等景觀，多與三國故事有關。

詩
說

在諸多江南名城中，鎮江（古稱京口、潤州）的氣質是相當獨特的。它沒有那麼溫潤委婉，反倒頗多剛硬之氣。這是因為，鎮江地處長江南岸向北方的最突出位置，在歷史上的南北對峙時期，這裏往往是南方朝廷的江防前線。鎮江江濱的北固山，直面大江；登上北固樓，長江對岸的兵馬動靜都能看得十分清楚。事實上，東晉時期地方官最早修建北固樓，就是出於軍事目的。

這首詞約作於宋寧宗嘉泰四年（公元 1204 年）。當時辛棄疾已經六十多歲，南渡也已四十多年，期間屢受朝廷冷遇，抗金壯志未酬。此時，他被短暫起用為鎮江知府，到任後便積極準備北伐。

公務之餘，辛棄疾登臨北固樓，一股豪氣湧上心頭。北固樓上風雲激蕩，北固山下江濤拍岸。北望神州，那裏是辛棄疾出生的故鄉，是他想要恢復的國土。千百年來，這裏上演過多少興亡故事？是非成敗轉頭空。大江東去，不為任何人事停留。

辛棄疾作詞善用典故。這一次，他想到了三國時期東吳國主孫權。三國時期，孫權曾親自鎮守京口。「年少萬兜鍪，坐斷東南戰未休。」孫權十九歲即接掌父兄留下的江東基業，與堪稱父輩的曹操、劉備等從容周旋。據史書記載，曹操見孫權的軍隊雄壯威武，喟然而歎：「生子當如孫仲謀，劉景升兒子若豚犬耳。」壯士暮年的辛棄疾，想起少年英雄的孫權，怎能沒有感慨？而環顧朝廷上下，誰又具備孫郎這般膽略與氣度？

主政鎮江期間，辛棄疾不止一次來到北固樓。除了這首《南鄉子·登京口北固亭有懷》，他還作有同樣著名的《永遇樂·京口北固亭懷古》。「千古江山，英雄無覓，孫仲謀處」，他執着地追慕着孫權的英雄氣概，並渴望像年少有為的孫權一樣，金戈鐵馬，建功立業。然而，時移世易，南宋朝廷苟且偷安，辛棄疾空有一身抱負卻無法施展，眼見山河破碎，只能感慨萬千！

六月二十七日望湖樓醉書

宋 蘇軾

黑雲翻墨未遮山，

白雨跳珠亂入船。

捲地風來忽吹散，

望湖樓下水如天。

 註釋

六月二十七日：指宋神宗熙寧五年（公元 1072 年）六月二十七日。

醉書：飲酒醉時寫下的作品。

翻墨：打翻的黑墨水，形容雲層很黑。

跳珠：跳動的水珠。用「跳珠」形容雨點，說明雨點大，雜亂無序。

地理卡片 | 名樓

蘇軾在望湖樓上眺望的是哪一個湖泊呢？

望湖樓是一座古建築，位於杭州西湖畔。這座樓始建於北宋乾德五年（公元 967 年），為吳越王錢俶所建。初名為看經樓，後易名為望湖樓。登樓眺望，一湖勝景皆收眼底。宋代王安石、蘇軾等人都曾登樓作詩。此樓後毀，現杭州西湖邊的望湖樓，為二十世紀八十年代重建。

詩
說

　　蘇軾曾經兩次在杭州為官，這首詩是他第一次在杭州任職通判時，於宋熙寧五年（公元1072年）所作。當時正值盛暑，人們酷熱難耐。何以消夏？唯有泛舟西湖。蘇軾喜歡熱鬧和歡飲，農曆六月二十七日那天，他在西湖上雇得一條烏篷船，邀來三五好友，船艙中擺出好酒和果蔬，談笑風生、悠然自得。

　　船到湖心，突然風起雲湧，白雲秒變蒼狗，空中傳來雷聲陣陣。天色急遽變暗，天空彷彿是打翻了的巨大硯台，烏雲像墨汁一樣翻滾流淌，很快鋪滿天際。西湖邊上有保俶山，山頂有保俶塔，一道閃電在塔頂劃過，傾盆大雨「嘩嘩」而下。

　　雨點砸在船頂的烏篷上，乒乓作響，好像不是在下雨，而是下了一場冰雹。雨點落在船頭和船尾，濺起無數水花，眼前就像織起了一道白色幕帳。急雨不長。一聲炸雷響，平地起大風，風捲殘雲去，水面復平靜。

　　蘇軾讓船工搖船到岸邊，與友人一起登上望湖樓，飲茶談笑。望湖樓始建於北宋初年，當時已是一座有着百年歷史的名樓。從樓上探頭張望，只見水漫西湖堤岸，湖水滿滿當當。杭州城內，青石板的道路上，出現一股股的「小溪」，孩子們赤腳玩耍，笑語喧嘩。

　　不過片刻工夫，雲收雨霽。水天相映，碧波如鏡。盛夏酷暑裏，這是難得酣暢淋灕的一天。蘇軾詩興大發，一口氣寫下《六月二十七日望湖樓醉書》組詩五篇。而這一首，是組詩的開篇之作。

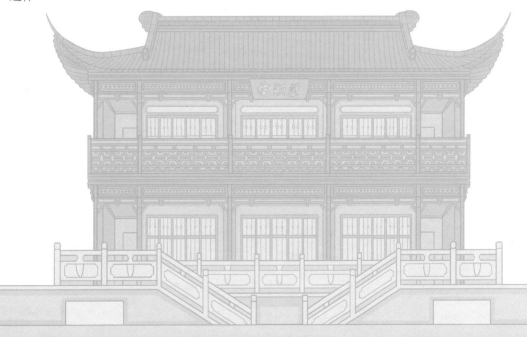

讀詩筆記

讀詩筆記

讀詩筆記

讀詩筆記

讀詩筆記

讀詩筆記

讀詩筆記

讀詩筆記